토닥토닥
내인생

토닥토닥
내인생

고현우 지음

레몬북스
lemon books

prologue

이 사람은 가난한 집에서 태어났습니다.

아홉 살 때 어머니를 여의었습니다.

가난하여 학교를 다니지 못했습니다.

학교를 다닌 기간이라고 해야 겨우 6개월뿐입니다.

22세 때 사업에 실패했습니다.

23세 때 주 의원 선거에 낙선했습니다.

24세 때 사업에 실패했습니다.

26세 때 사랑하는 여인을 잃었습니다.

27세 때 신경 쇠약과 정신 분열증으로 고생했습니다.

29세 때 의회 의장 선거에서 낙선했습니다.

31세 때 대통령 선거에 낙선했습니다.

34세 때 국회의원 선거에 낙선했습니다.

39세 때 국회의원 선거에 또다시 낙선했습니다.

46세 때 상원의원 선거에 낙선했습니다.

47세 때 부통령 선거에 낙선했습니다.

49세 때 상원의원 선거에 낙선했습니다.

10번이 넘는 인생의 실패와 좌절을 겪고도 30년 후인 51세 때 드디어 대통령에 당선되었습니다. 이 사람이 바로 그 유명한 미국의 16대 대통령인 에이브러햄 링컨입니다.

미국 국민에게 가장 사랑받는 대통령이기도 합니다.

무언가를 이루기까지는 산과 골짜기를 넘어야 됩니다. 그 산과 계곡을 넘지 않고는 아무 일도 이룰 수 없습니다. 그 산과 계곡을 넘어서면 성공의 영광이 있습니다.

세상에 유명한 위인이나 성공한 사람들은 대부분 실패와 좌절을 꿈을 이루기 위한 과정으로 생각했습니다. 실패했다는 것은 무엇인가에 도전했다는 뜻이고, 정말 두려워할 일은 실패와 좌절이 두려워 꿈을 포기하는 것일 것입니다.

세상을 이끌었던 위인들은 마치 필수 코스처럼 실패와 시련을 겪었고 그 시련을 딛고 일어서며 큰 인물로 성장했습니다.

실패한 자는 포기한 자입니다.

포기하지 않는 한 실패란 단어는 존재하지 않습니다.

큰 목적을 이루기 위해서는 작은 성공이 뒷받침되어야 합니다.

작은 성취의 힘으로 조금씩 조금씩 전진해 가다 보면, 언젠가 꿈꿔 왔던 목적지에 도달하게 됩니다.

절대로, 절대로 포기할 수 없는 그런 꿈을 꾸는 사람이 되기를 바랍니다.

contents

part 02 신념이 있는 삶

part 03 마음속 평화

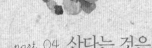

part 04 산다는 것은

part 05 한 번뿐인 내 인생

part 01

희망은
또다시
떠오른다

태양은 또다시 떠오른다.
태양은 저녁이 되면
석양이 물든 지평선으로 지지만
아침이 되면 다시 떠오른다.
태양은 결코 이 세상을
어둠이 지배하도록 놓아두지 않는다.
태양은 밝음을 주고
생명을 주고 따스함을 준다.
태양이 있는 한 절망하지 않아도 된다.
희망이 곧 태양이다.

날마다 새롭게 태어나라 #1

오늘 하루도 당신의 일생이다.

날마다 잠에서 깨어나는 것은 오늘의 탄생이요

시원한 아침마다 짧은 청년기를 맞는 것과

다름없다.

그러나 저녁이 되어

잠자리에 누울 때 오늘 하루의 황혼기를

맞아야 한다는 것을

늘 가슴에 새겨야 한다.

쇼펜하우어

아침, 새로운 활동을 시작하는 시간

당신은 매일 아침 어떤 식으로 보내고 있습니까?

얼굴을 씻는다.

텔레비전을 본다.

신문을 읽는다.

아침을 먹는다.

이렇게 시간을 보내고 있는 것은 아닌지요?

혹은 아침에 일을 하고 있다는 사람도 있을지도 모릅니다.

아침 시간을 아주 조금 자신을 위해 사용해 보지 않겠습니까?

잠깐의 시간 5분이어도 좋습니다.

앞으로 오늘 하루 외부활동을 해나가자면

우선 자신의 내면을 응시하는 시간을 갖는 것이 좋습니다.

그것은 매우 큰 의미를 가질 것이라고 생각합니다.

어떤 기분일까요?

무엇을 하고 싶은 기분일까요?

무엇을 할 경우에 충실함을 얻을 수 있을 것 같을까요?

천천히 호흡을 느끼면서 몸의 감각에 귀를 기울입니다.

오늘의 자신은 어떤 모습일까요?

자신의 컨디션을 안 다음, 외부와 마주하는 소중한 시간입니다.

아침에 5분이라기보다는 오히려 5분의 아침이라고

말할 정도로 소중한 시간이 될 것입니다.

하루로는 짧은 시간이지만

그것을 매일 매일 계속한다면 어떨까요.

당신이라면 일상생활에 어떤 변화가 있다고 생각하십니까?

희망은
또다시
떠오른다 #2

태양은 또다시 떠오른다.

태양은 저녁이 되면 석양이 물든 지평선으로 지지만

아침이 되면 다시 떠오른다.

태양은 결코 이 세상을 어둠이 지배하도록 놓아두지 않는다.

태양은 밝음을 주고 생명을 주고 따스함을 준다.

태양이 있는 한 절망하지 않아도 된다. 희망이 곧 태양이다.

어니스트 헤밍웨이

인생에 있어 고통과 역경이 닥칩니다.

우리의 인생에는 다양한 어려움과 힘든 일, 슬픈 일이 일어납니다.

왜 이런 원치 않는 일이 일어나고 있는 것일까요?

반대로 생각해 봅시다.

만약 언제나 즐겁고 유쾌한 인생이라면

우리는 어떤 인간이 되어 있을까요?

아마 아무런 생각도 없고, 긴장감 없는 인생을 보내게 될 것입니다.

항상 맛있는 음식을 먹고 럭셔리한 인생이 되도록

재미와 즐거움의 감정만 계속된다면

삶은 별다른 감흥도 없는

그저 그런 인생이 되는 것은 아닐까 생각합니다.

어려움과 고통, 슬픔은 우리에게 삶에 대한 긴장감을

이끌어 내고 인생을 깊이 사색하게끔 합니다.

인생에서 이러한 다양한 사건을 경험함으로써 우리는 성장합니다.

우리는 60세가 넘어도 왜 배울까요.

그것은 내부에서 전해 오는 포부에 의한 생각이라고 말할 수 있습니다.

사람은 나이가 들어도 자신을 향상시키고 싶습니다.

자신이라는 성격을 닦고 발전시키고 싶다는 인간 본래의 마음의 발로겠지요.

이것이야말로 인생의 목표인 것은 아닐까 합니다.

우리가 여러 가지에 도전하고 훌륭한 인간관계를

쌓아 올리려고 하고 능숙하게 노래하려고 하는 것도
모두 이 인격의 향상, 발전을 위한 수단에 불과한 것입니다.
인생의 목적은 자신에게 내재하는 한층 높고,
가치 있는 것을 추구하고, 표현하고
향상해 나가는 것에 있다고 생각합니다.

위대한 사람이 되는 법 #3

패배의 쓴잔과 비애의 나약함을 물리치려면 싸워라.

분노를 정복하라.

눈물이 앞을 가릴 때에는 웃어라.

질병과 악인들을 멀리하라.

감정에 사로잡히지 마라.

증오하지 마라.

사랑하라.

죽고 싶을 때일수록 용감하게 살아라.

불굴의 믿음으로 전진하라.

그것은 누구나 할 수 있는 것이다.

그리고 그것이 바로 당신을 위대한 사람으로

만드는 것이다.

제인 그레이

모든 사건은 인생의 선물

가장 가까이 일어난 사건을 기억해야 합니다.

아침을 먹은 것, 친구들과 이야기를 한 것 등

평범한 일상뿐만이 아닙니다.

좋지 않은 사건도 있을 것입니다.

직장에서 실수를 하거나 친구와 말다툼을 하는 것 등입니다.

삶의 모든 사건은 인생에서의 선물이라고 말합니다.

사건은 발생한 것보다는 주어졌습니다.

무료로 멋진 선물을 받고 있습니다.

슬픈 것과 괴로운 것은 좋지 않은 선물로 보이지만 그렇지 않습니다.

일의 실수가 있으면 개선해야 합니다.

성공의 씨앗이라는 선물로 바뀝니다.

친구와 말다툼하면 화해해야 합니다.

이전보다 깊은 정으로 바뀝니다.

나쁜 사건으로 보이면 선물 포장지가 지저분한 것일 뿐입니다.

포장지를 벗기면 상자 속에서 멋진 선물이 나타납니다.

어떤 사건도 극복하면 멋진 미래로 바뀝니다.

그런 의미에서 슬픈 일이나 괴로운 일도 선물입니다.

모든 사건은 인생에서 선물이라고, 고맙게 바라보세요.

체험하는 것이 아니라 체험시켜 주고 있습니다.

고맙다는 마음이 있으면

평범한 일상에서도 밝은 마음으로 살 수 있습니다.

기회 #4

인생에 기회가 적은 것은 아니다.
그것을 볼 줄 아는 눈과 붙잡을 수 있는 의지를 가진
사람이 나타나기까지 기회는 잠자코 있는 것이다.
우리는 우리가 상상하는 것 이상으로
자기 운명의 열쇠를 가지고 있다.

로렌스 굴드

기회가 없다면 기회가 있는 곳으로 가면 됩니다.

분명히 어느 날 갑자기 우연히 마주친 기회는 존재합니다.

성공한 사람과 만난 것이 계기가 되어

인생이 달라진 경우도 실제로 세상에는 있습니다.

기회가 없어서 곤란해하고 있는 사람도 있습니다.

기회가 있는 곳으로 스스로 가면 되는 것입니다.

대부분 그런 사람에 한해서, 행동하지 않는 것입니다.

행동하면 운세가 바뀝니다.

기회가 없다면 스스로 기회가 있는 곳으로 가면 됩니다.

기회가 없는 이유를 타고난 환경의 탓으로 돌리는 사람도 있습니다.

지금 자신의 포지션이 기회가 돌아오지 않는 장소라면

기회가 있는 곳으로 스스로 가면 됩니다.

기회 쪽에서 옵니다.

아무튼 사람과의 만남, 일의 기회 귀중한 정보 등

다양한 기회를 만납니다.

적극적으로 기회에 넘치는 환경으로 이동하는 것은 중요한 성공 요인입니다.

환경은 스스로 바꿀 수 있어 행운도 스스로 바꿀 수 있습니다.

기회가 있는 곳이면 적극적으로 돌진해야 합니다.

인생이라는 신비 #5

인생이 경이로 가득 차 있지 않다면
인생은 살 만한 가치가 없으리라.
나는 매일 아침 눈을 떠 창가로 다가간다.
그리고 먼동이 트는 것을 바라보며
과거의 내 모든 생활 습관을 날려버리고
새로운 날들로 나를 초대하는 자연의 신비로운
비밀을 발견한다.

랄프 왈도 에머슨

미국의 16대 대통령인 링컨은 수많은 실패를

당할 때마다 스스로에게 이렇게 말했습니다.

나는 계속 배우면서 나를 갖추어 나간다.

언젠가는 나에게도 기회가 올 것이라고 말하며

힘든 상황을 극복했다고 합니다.

"언젠가 깜짝 놀라게 해줄 거야."

놀라워하는 사람들의 표정을 떠올려봅시다.

감동하는 사람들의 울먹임을 들어봅시다.

예상대로입니다.

놀라거나 감동하는 것은 예상하지 않은 사람이 크게 성공했을 때입니다.

"설마 이런 일이 일어나다니."

"기적이다."

"믿을 수 없다."

이렇게 말합니다.

예상하지 않는 것은 기회입니다.

기대치가 낮은 상태입니다.

기대치가 낮을수록 상대를 깜짝 놀라게 하기 쉽습니다.

조금이라도 능숙하기만 하면 깜짝 놀라게 할 수 있습니다.

놀라게 하거나 오싹하게 할 수 있습니다.

좋은 의미로 기대를 배반할 수 있습니다.

깜짝 놀라게 하는, 미래의 자신을 상상합시다.

실력을 지니고 거물이 되어, 많은 사람들이 놀라고 있는 모습입니다.

깜짝 놀라게 하는 모습을 상상하면 의욕은 얼마든지 나옵니다.

오늘 하루 #6

확신을 가지고
인생이라고 말할 수 있는
유일한 것은 오늘 하루이다.
오늘 하루를 최대한으로 활용하여야 한다.
무엇인가에 흥미를 가져라.
자기 자신을 흔들어 끊임없이 깨워라.
취미를 기르자.
뜨거운 폭풍이 온몸 안을 불고 지나가게 하자.
최고의 인생을 사는 방법은
오늘을 마음껏 맛보며 사는 것이다.

데일카네기

하루 일상생활에서 이해할 수 없는 일을 만날 수 있습니다.

이해할 수 없는 생각, 성격, 문화, 취미 등입니다.

이해할 수 없는 일이 생기면 다시 태어날 기회입니다.

회피하는 것이 아니라, 기회로 삼아봅시다.

이해해 보는 것입니다.

이해할 수 없는 것은 아직 내 안에 없는 요소입니다.

만약 이해할 수 없는 것을 이해하면 전진합니다.

시야가 넓어지고, 인생관이 바뀝니다.

새로운 가치관이 받아들여져 그릇이 커지고

사람으로 성장할 수 있습니다.

해외여행을 간다는 것은 시야가 넓어지는 것입니다.

이해할 수 없는 것을 많이 만날 수 있기 때문입니다.

이해할 수 없는 일을 많이 접하고 경험해 나갈 때

시야가 넓어지고, 정신적으로 성장합니다.

세상에는 아직 이해할 수 없는 것이 많이 있습니다.

즉, 자신이 성장할 수 있는 기회도 아직 많이 있다는 것입니다.

인생은 훌륭합니다.

이해할 수 없는 경우가 많은 세상이니까

살아 있는 것이 재미있습니다.

시간의
가치 #7

가장 소중한 시간을 허비하는 것이야말로
최대의 낭비임에 틀림없다.
왜냐하면 한 번 흘러가버린 시간은
절대로 다시 돌아오지 않기 때문이다.
그리고 시간이 충분할 것 같은데도 언제나 보면
시간이 모자라는 것으로 드러난다.
그러니 지금 당장 일어나서 일을 하도록 하자.
어떤 목적을 좇아서 일을 하도록 하자.
부지런하게 노력하면
난처한 상황에 덜 처하면서
더 많은 일을 하게 될 것이다.

벤저민 프랭클린

인생의 비법은

오늘을 살 수 있는 것입니다.

인생은 배움의 장소이며

진보와 향상의 장소이기도 하지만

그러한 높은 목표에 한정하지 않고,

부자가 되기 위해

목표를 달성하기 위해 중요한 것은

달성하고 싶은 생각이 아닐까 합니다.

오늘을 살리는 것은 어떨까요.

오늘 하려고 생각할 때,

오늘 하고 싶을 때 그 마음을 억눌러 버리면

그 달성하려는 에너지는 질식해 버릴 수도 있습니다.

그래서 자신의 실현하고자 하는 목표 달성을 위해서는

오늘의 기회에 도전하는 것이

매우 중요하다고 말할 수 있습니다.

"지금" 이 순간입니다.

자신의 성장을 위한 생각, 시간, 기회는 주어진

지금 이 순간밖에 없습니다.

바로 뛰어난 삶을 살기 위한 비법은

지금 이 순간을 살리는 것밖에는 없습니다.

신념 #8

당신 자신을 믿어라.
당신의 재능을 믿어라.
생각을 바꿔라.
그러면 세상을 바꿀 수 있다.

신념이 없다면
성공하지도 행복하지도
행복하게 되지도 못할 것이다.

건전한 신념이야말로
성공의 원인을 만든다.

열등감이나 무능감은
희망의 달성을 방해하지만
신념은 자기의 능력을 발휘하고
희망을 달성하게 해준다.

노만 빈센트 필

생각이 행동을 만들고

행동이 미래를 만듭니다.

지금의 내 상태는 1년 전에 생각했던

상태로 되어 있습니다.

1년 전에 생각하고, 상상한 미래의 자신입니다.

지금 당신의 상황도 마찬가지입니다.

1년 전에 당신이 상상했던 미래의 상태가

지금 반영되어 있는 것은 아닐까요.

1년 전에 생각했던 대답이

지금은 현실이 되고 있다는 것입니다.

지금 당신의 모습은

과거에 생각했던 대로 되어 있어야 합니다.

생각이 행동을 만들고 행동이 미래를 만들기 때문입니다.

더 중요한 것이 있습니다.

지금 당신이 생각하고 있는

3년 후의 미래의 모습은 반드시 실현됩니다.

미래는 이렇게 되고 싶다고 생각하는 마음은

그 사람의 행동을 만듭니다.

그 행동이 미래를 만들고 3년 후에는

정말로 실현되고 있는 것입니다.

지금 당신이 미래에 어떤 이미지를

그리고 있는지가 중요합니다.

34
35

밝은 미래도 어두운 미래도 생각대로 됩니다.
이왕이면 밝은 미래를 상상하고 실현시키세요.
지금의 상태와 동떨어진 미래는 실현이 어렵습니다.
실현 가능한 범위에서 상상해 봅시다.

변화를 두려워하는가 #9

그대는 왜 변화를 두려워하는가?

이 세상은 어느 것도 변화 없이 만들어낼 수 있는 것은 없다.

변화는 대자연의 가장 중요한 본질이다.

장작이 불에 타서 그 모습을 바꾸지 않고는 물을 끓일 수 없다.

음식은 변화하지 않고는 영양분이 될 수 없다.

이 세상의 모든 생명은 변화 그 자체이다.

당신이 변하는 것을 자연 자체로 본다면

필연적인 것임을 명심해야 한다.

인간은 자연에 순응하고

자연의 가르침에 따라야 한다.

아우렐리우스

한 번뿐인 인생을

후회 없이 살지 않으면 정말 후회됩니다.

한 번뿐인 인생입니다.

싫든 좋든 단 한 번입니다.

그러나 한 번밖에 없는 삶이기 때문에

좋아하는 것을 할 수 있다면 좋은 인생이 됩니다.

당신이 생각하는 것 이상으로 멋진 인생입니다.

싫은 일을 해도 나오는 것은 불평과 불만뿐입니다.

하지만 좋아하는 일을 하면

"재미있다.", "감사합니다."라는 플러스 말이 많아

인생은 화려하게 됩니다.

자신도 주위도 서로 행복할 수 있습니다.

돈이 없어지면 또 벌면 됩니다.

그러나 지나간 시간은

아무리 부를 쌓아도 되찾을 수 없습니다.

주저하지 말고 좋아하는 일에 도전합시다.

인생의 길 #10

당신은 인생이 비참하게 느껴지는가?
당신의 능력이 너무나 작게 생각되고
당신의 앞날에 먹구름이 끼인 듯 두렵기만 한가?
하지만 어쩌겠는가?
그럼에도 불구하고 당신을 성장시킬 수 있는
유일한 사람은 당신밖에 없는 것을……

D. 함마슐드

맨 처음부터 잘하려고 생각하면

몸에 긴장이 생깁니다.

처음은 힘의 가감을 모르거나

절차를 모르는 경우가 많습니다.

처음이기 때문에 기분도 긴장하는 것입니다.

자연적인 것입니다.

자신만 특별한 상황이 아니라

다른 사람에게도 동일합니다.

그래서 발상의 전환입니다.

"처음부터 잘할 수는 없다."라는 전제하에서 도전해 봅시다.

물론 인생에 한 번밖에 없는 상황도 있지만,

많은 경우 재도전할 것입니다.

운전면허 취득이든, 자격 취득시험이든

좋아하는 사람에게 고백하든

재도전의 기회가 있습니다.

처음에는 실패해도 괜찮다고 위로하면

자연히 긴장이 이완됩니다.

처음에는 모습이나 상태를 확인하고 임하면 좋습니다.

계획적으로 실패합니다.

실패하는 전제하에서는 실패가 두렵지 않습니다.

실패하면 다시 도전할 수 있으므로

경험에 의해 몸에 잘 체득될 것이라고 생각합니다.

도전하는 동안 용기가 솟아오르는 것입니다.

예행연습도 됩니다.

두 번째는 첫 번째 실패에서 얻은 교훈과 경험을 바탕으로

행동할 수 있기 때문에 좀 더 잘할 수 있게 됩니다.

기적이 있는 하루 #11

자기가 존재하고 있다는 이 사실을 생각하면 생각할수록
경탄할 사실이다.
내가 지금 이 세상에 살아 있다.
이 놀라움은 곧 산다는 의미를 가지고 있다.
아침에 다시 눈을 떠서 다시 떠오르는
태양을 보았을 때
그것은 엄숙한 놀라움이 아닐 수 없다.
하루하루
주어진 생명을 감격으로 살아가라.

타고르

한때의 좌절은 평생의 힘이 됩니다.

도전을 하면 할수록 큰 좌절도 맛볼 수 있는 기회가 찾아옵니다.

오히려 긴 인생에서 좌절보다 더 중요한 것을

깨닫게 해주는 기회가 없습니다.

열심히 하고 있을 때 주위가 안 보이게 되어

힘이 들어가기 십상입니다.

중요한 것은 실제로 괴로운 경험을 해보지 않으면 모릅니다.

도전함에 따라 좌절을 경험하는 기회도 많아집니다.

중요한 것은 좌절이 있었기 때문에 포기하는 것이 아니라

그것을 발판으로 하여 새로운 힘을 길러가는 일입니다.

아무것도 하지 않으면 물론 좌절을 할 수 없습니다.

하지만 그 대신 좌절뿐만 아니라 기쁜 일도

즐거운 일도 아무것도 일어나지 않습니다.

의미 있는 인생은 아무것도 경험하지 않은 인생이 아니라

한 번 좌절을 경험한 적이 있는 인생입니다.

좌절은 삶의 양념입니다.

좌절은 한때이지만 평생 힘이 되어 줄 것입니다.

절망하지 마라 #12

절망하지 마라.
비록 그대의 모든 형편이 절망할 수밖에 없다 하더라도
절망하지 마라.
이미 일이 끝장난 듯싶어도 결국은 또
다시 새로운 힘이 생기게 된다.

프란츠 카프카

당신의 인생은 당신이 결정합니다.

인생의 결단은 당신이 하는 것입니다.

당신의 인생은 누구의 것입니까?

당신의 인생은 당신뿐입니다.

당신의 인생은 누가 결정하는 것입니까?

당신의 인생은 당신이 결정하는 것입니다.

자신의 인생을 다른 사람이 정하면 자신의 삶이 없습니다.

그럼 당신의 소중한 삶의 목적을

누군가 다른 사람에게 맡기고 있는 것입니다.

자신의 인생을 즐기고 싶다면 자신이 결정하는 것입니다.

인생의 주인공은 당신입니다.

약간 어렵지만 자신의 힘으로 결정하는 것이 중요합니다.

부모나 친구, 선생님 말은 참고로 하는 것이 좋습니다.

모두의 의견을 듣고 마지막으로 결정하는 것은 당신입니다.

승자의 월계관 #13

목적을 이루기 위해 견디는 시련이야말로
우리가 얻을 수 있는 가장 커다란 승리이다.
위대한 사람들이 처음부터
영광의 월계관을 쓰는 경우는
극히 드물다.
세상을 바꾸는 가장 큰 힘은
경험과 역경을 통해 만들어진다.

앨런코헨

기쁨은 도전 속에 있습니다.

도전이 없으면 기쁨도 없습니다.

기쁨을 느낄 수 있는 것은, 어떻게 하면 될까요.

오랜 세월의 노력이 결실을 맺을 때,

기쁨으로 마음이 채워집니다.

즉 기쁨, 도전 속에 있는 것입니다.

기쁨을 얻고 싶다고 생각해도 어려운 주문입니다.

도전과 기쁨은 세트입니다.

기쁨을 얻기 위해서는 사전에 도전해야 합니다.

도전을 하기 때문에, 기쁨도 얻을 수 있습니다.

도전이 없으면 기쁨을 느낄 수 없습니다.

기쁨이 없는 사람에게는 공통점이 있습니다.

도전이 없는 것입니다.

매일 무난한 선택만을 하고 같은 일을 반복하고 있습니다.

도전과 기쁨은 세트이기 때문에

도전이 없으면 기쁨도 없는 것이 당연합니다.

인생의 법칙입니다.

최근 기쁨을 느낄 수 있습니까?

마음이 충족될 수 없다고 생각하면

도전이 없는 생활이 원인입니다.

승리의 기쁨은 도전해서 쟁취하는 것으로 경험할 수 있습니다.

인생의 가치 #14

인생의 가치는 삶의 길이에 있지 않고 그 삶을 무엇으로
채웠느냐에 있다.
하지만 아무리 오래 살아도 인생에서
그 가치를 찾지 못할 수도 있다.
우리가 인생에서 가치를 발견하느냐 못하느냐는
몇 년을 살았다는데 있지 않고
그것을 얻기 위해 얼마나 애썼느냐에 달려 있다.

몽테뉴

약점을 개선하려면 실패하는 것이 지름길입니다.

실패하면 왜 실패했는지 생각할 수 있습니다.

실패로 인해 원인의 위치를 알 수 있으며, 새롭게 개선할 수 있습니다.

실패로 인한 피해는 있지만 개선함으로써 실패를 최소화합니다.

그러나 어중간한 실패의 경우 원인 규명이 어려워집니다.

어중간한 실패는 상태가 중간이기 때문에

어디에 원인이 있는지 알기 어렵습니다.

원인이 모호하면, 개선해야 할 포인트도 애매합니다.

확실한 개선이 없습니다.

어쩌면 정상적인 곳을 문제 있는 것인 양 간주해 버릴지도 모릅니다.

애매모호한 개선이 될 가능성도 있습니다.

그래서 실패한다면, 중간보다 완전하게 하는 것도 좋다고 생각합니다.

완전히 실패하면 그만큼 고통도 피해도 크지만 나쁜 것은 무엇이라고

명확하게 알 수 있습니다.

흑백 논리로 실패부위를 간단명료하게 알 수 있습니다.

실패는 커도 실패의 수를 크게 최소화합니다.

슬퍼하지 마라 #15

슬퍼하지 마라.

가장 현명하고 훌륭한 인간에게도 불행은 닥치는 법이다

계절이 다하면 죽음이 찾아오게 마련이다.

그것은 위대한 자연의 명령이며

살아 있는 모든 생명들은 복종해야 한다.

이미 지나간 일이나 인간의 힘으로는

어쩔 수 없는 일에 대해서는 슬퍼하지 말아야 한다.

슬픔이 우리 삶에만 일어나는 것이 아니다.

어느 곳에서나 슬픔은 있기 마련이다.

오마하

50
51

마음에 문이 있습니다.

열려 있는 문도 있고 닫혀 버린 문도 있을 것입니다.

자신조차 모를지도 모릅니다.

마음의 문 바깥에는 손잡이도 없다고 말합니다.

그래서 닫힌 문은 눌러도 두드려도 열 수 없습니다.

물론, 손잡이가 없기 때문에 당길 수 없습니다.

마음의 문을 안쪽에서 열 수 있는 방법은 없습니다.

닫혀 버린 마음의 문은 어떻게 하면 열 수 있을까요?

닫아 버린 마음의 문은 어떻게 열 수 있을까요?

봄 햇살님의 따뜻한 빛으로 열리도록

마음의 문은 그 사람을 생각하는 따뜻한 마음으로 열 수 있습니다.

당신이 생각하는 부드러운 마음으로 열릴 수 있습니다.

언젠가 그 사람 마음의 문을 열어주길 바라며

언젠가 자신의 마음의 문을 열 수 있기를 바라며

따뜻한 마음만으로 있을 수 있도록

상냥한 기분만으로 있을 수 있도록

열린 마음으로 다가가 있겠습니다.

마음의 문을 열기 위하여.

진정한
희망 #16

진정한 희망이란
나를 신뢰하는 것이다.
자신감을 잃어버리지 마라.
자신을 존중할 줄 아는 사람만이
다른 사람을 존중할 수 있다.

쇼펜하우어

인생에는 몹시 어려운 시기가 있습니다.

심한 비바람 속을 돌진하는 것 같은 상태입니다.

'내 인생은 이제 끝이야. 희망이 없다. 미래가 없다.'

이렇게 생각해도, 어떻게든 됩니다.

시험에 불합격해도, 실연도, 실업도 괜찮습니다.

원래 인생은 약간의 불행과 재난에도 끄떡없이 단단하게 설계되어 있습니다.

당신 주위에는 좋은 사람들이 많이 있습니다.

많은 친구와 지인, 학교, 회사동료 등등 많습니다.

지금까지 오랜 역사의 산물이기 때문에,

우리가 생각하는 이상으로 견고합니다.

안 된다고 생각해도, 어떻게든 됩니다.

작은 불행과 재난이 생겼다 해서 인생이 끝난 건 아닙니다.

희망을 가지고 앞을 향해 걸어보십시오.

인생은 떨어질 것으로 보이지만, 결코 떨어지지 않습니다.

조금만 가서 비바람 구름을 헤쳐 나가면 맑은 하늘이 펼쳐지는 것입니다.

놀라운
잠재력 #17

나는 자네가 스스로에게 자신의 능력을 보여줄
기회가 있기를 바라네.
자네가 가진 잠재력이 자네의 상상력을
훨씬 넘어서는 것에
자네 자신도
놀라게 될 것이네.

리카이푸

우선 자기가 좋아하는 일을 해봅시다.

프로 야구에서 활약하고 있는 프로 선수나 올림픽에서 활약한

메달리스트들은 다 자기가 좋아하는 것을 통해 자신을 높여갔습니다.

화가, 음악가, 작가, 연예인 등도 자신이 좋아하는 것을 찾아내고

노력해서 성공으로 끌어 올렸던 것입니다.

처음부터 수준이 높았던 것은 아니고,

좋아하는 일을 통해 성장해 갔습니다.

좋아하는 것을 열심히 노력했기에

그에 따른 성장을 함께 할 수 있다는 것입니다.

좋아하는 것이 아니면 지속력이 없고 지구력도 나오지 않습니다.

좋아하는 것 때문에 집중할 수 있습니다.

좋아하는 것을 통해 몸에 익혀가는 것입니다.

좋아하는 일을 하고 있기 때문에

사소한 문제라도 참을 수 있게 되는 것입니다.

인내, 집중력, 스피드도 나오게 됩니다.

성장을 의식할 필요는 없습니다.

좋아하는 것을 즐기는 것인 만큼 자연히

성장과 자기 계발도 따라 가기 때문입니다.

좋아하는 것을 하면서 함께 성장해가는 자기 계발입니다.

이것이 가장 효율적인 꿈의 실현 방법입니다.

실패도
값진 경험 #18

사람들은 오히려 실패에서 더 많은 것을 배운다.
실패한 사람들에게는 많은 아픔이 있다.
시련의 세월 속을 잘 관찰해보면 의외로 배울 바가 많다.
넘어짐으로써 안전하게 걷는 법을 배운다고 하지 않던가.
실패를 통해서 오히려 성공의 비법을 배우도록 하자.

롱펠로우

당신이 지금 하고 있는 것이 기회 자체입니다.

인생을 변화시키는 기회는 모두가 바라고 있는 컷입니다.

기회는 어디에 있습니까?

사실, 당신은 이미 기회를 손에 넣고 있습니다.

당신이 지금 하고 있는 것입니다.

자신의 생활을 되돌아봅시다.

지금 착수하고 있는 것은 무엇입니까?

착수하는 것은 기회 자체입니다.

더 집중한다면 큰 성과로 이어질 것입니다.

그 결과, 사람을 기쁘게 하는 기회가 될 것입니다.

더 철저하면 능력이 성장하는 것입니다.

그 결과 지금까지 할 수 없었던 것을 할 수 있게 될 것입니다.

더 밝게 행동하면 좋은 인간관계의 기회가 될 것입니다.

그 결과, 밝은 미래가 보일 것이 틀림없습니다.

일상생활은 즉, 기회입니다.

처음부터 큰 기회를 기대하는 것이 아닙니다.

지금은 아직 작을지도 모릅니다만, 지금부터가 중요합니다.

더 집중하고 힘을 부으면 점점 커지고 좋아지는 게 기회입니다.

지금 당신이 하고 있는 것이 기회 그 자체입니다.

성공의 비결 #19

성공의 비결은 목적의 불변에 있다.
하나의 목표를 가지고 꾸준히 나아간다면
성공한다.
최선을 다해서 나아간다면 뚫고
만물을 굴복시킬 수 있다.

디즈레일리

계단에서 높은 곳으로 올라갈수록 두려움도 커집니다.

높은 곳으로 올라갈수록 떨어지면 어쩌나 하고 몸이 경직됩니다.

그러나 어느 선을 넘으면, 반대로 공포가 사라집니다.

점점 높은 곳으로 올라 구름 높이 올라갑니다.

비행기를 탔을 때, 창문에서 지상을 봐도

높고 무서운 생각은 들지 않습니다.

창문으로 보이는 마을이 작은 모형 같습니다.

너무 너무 높아서 높은 곳에 있는 것이 실감나지 않습니다.

오히려 좋은 전망이라고 휴식할 수 있습니다.

새가 된 것 같다고 생각합니다.

성공도 마찬가지입니다.

성공에 가까워질수록 불안도 커집니다.

성공에 가까워질수록 실패하면 어떻게 할까 하고 생각하기 때문입니다.

성공이 궤도에 오를 때까지 불안투성이입니다.

그러나 어느 선을 넘으면 순식간에 공포가 사라집니다.

두려움이 사라지면 성공하는 것입니다.

더욱 더 도전을 반복해 성공합시다.

운영 #20

운명은 그 사람의 성격에 의해서 만들어진다.
그리고 성격은 그 사람의 일상의 습관에서 만들어진다.
그렇기 때문에 오늘 하루 좋은 행동의 씨를 뿌려서
좋은 습관을 거두어들이도록 하지 않으면 안 된다.
좋은 습관으로 성격을 다스린다면
운명은 그때부터 새로운 문을 열 것이다.

토머스 데커

살 수 있는 시간은 아직 많습니다.

자, 앞으로의 삶이 중요합니다.

떠나버린 과거는 더 이상 바꿀 수 없습니다.

타임머신은 없습니다.

그러나 미래라면 지금부터 자신의 인생을 만들어 갈 수 있습니다.

자! 이제부터 시작입니다.

해가 지면 밤이 되고, 그래서 인생이 끝나는 것은 아닙니다.

해가 지면 밤이 되고, 또 내일이 다가옵니다.

비 오는 날도 바람 부는 날에도 반드시 내일은 옵니다.

시간은 멈추고 싶어도 멈출 수 없습니다.

이것이 시간의 좋은 점입니다.

시간이 적극적으로 진행되고 있으니까 자신도 긍정적이 됩니다.

앞으로의 미래에 눈을 돌리는 것입니다.

끝난 과거를 생각하면 자꾸 늦어집니다.

이제 과거의 것은 잊기로 합시다.

끝난 과거를 생각하는 것보다

앞으로의 미래에 대하여 생각하는 것이 생산적입니다.

이것을 미래 지향적이라고 합니다.

지금까지 힘들었을지도 모릅니다만

앞으로 즐겁게 살아야 합니다.

앞으로 적극적으로 용기를 내어주면 좋습니다.

살 수 있는 시간은 아직 많이 있습니다.

앞으로 자신의 행동에 따라 미래를 밝게 할 수 있습니다.

행동함에 따라 미래는 더욱 더 밝아지는 것입니다.

앞으로의 삶이 무엇보다 중요한 것입니다.

인생은 저지르는 자의 몫 #21

실험은 많이 하면 할수록 좋은 결과를 기대할 수 있다.
삶이란 모두 실험이 아닌가.
당신이 할 수 있는 가장 위험한 일을 시도하라.
당신 스스로 행동하라.
안 될 것이라고 의심해서는 안 된다.
주저하지 말고 한번 시험해보라.

디오도어 루빈

꿈으로 향하는 길은 등산입니다.

언덕은 고통이 아닌 즐기는 것입니다.

산을 즐기는 사람은 생각이 훌륭합니다.

언덕을 고통이 아닌 즐거움이라고 생각하고 있습니다.

등산을 즐기는 사람은 가파른 언덕이 있어서 건강해집니다.

도전할 수 있다고 느끼기 때문입니다.

힘든 언덕이라고 말하면서도, 싱글벙글하면서 오릅니다.

비탈이 있어 등산입니다.

'도전 할 수 있다.'고 생각하기 때문에

이마에 땀을 흘리면서도 즐겁게 올라갈 수 있습니다.

인생도 마찬가지입니다.

꿈으로 향하는 길도 등산입니다.

인생은 산과 계곡 부근입니다.

산이 있는 것이기 때문에 비탈도 있는 것이 당연합니다.

언덕을 고통이 아닌 즐거움이라고 생각하면 힘이 솟아납니다.

이렇게 생각하는 사람은 훌륭합니다.

싱글벙글하면서 언덕을 오르는 사람은 인생의 산을 넘을 수 있습니다.

비탈 덕분에 인생이 즐거워지는 것입니다.

용기 #22

아무것도 시도할 용기를 갖지 못한다면
인생은 대체 무엇이겠는가.

빈센트 반 고흐

어쩐지 안절부절못하고 초조하고 이유를 모르지만 좌절합니다.

공연히 짜증 냅니다.

일상에서 그런 일이 있다면

일단 마음을 안정시켜 봅시다.

흥분하기 전에 50까지 손가락셈을 해봅시다.

그렇게 조금 시간을 두고 마음을 가라앉혀 봅시다.

조금 일찍 일어나 아침에 제일 먼저

오늘은 어떤 웃는 얼굴로 인사할까

그런 식으로 계획해보는 것도 좋습니다.

어떻게 하면 멋진 자신으로 재탄생할 수 있을지

생각해보는 것도 멋진 길입니다.

자신을 위해 할 수 있는 일이

무엇인지 곰곰이 생각해봅시다.

매일 약간의 시간을 정해 생각하는 마음을 갖추면

성장의 시간으로 거듭납니다.

마음을 갖추고 있으면, 조그만 일에 동요되지 않습니다.

주위에 동요되거나 유혹당하지 않으면

당신은 점점 되고 싶은 자신으로 변해 가겠지요.

자, 마음을 정돈해 갑시다.

마음의 문을 열어라 #23

삶은 새로운 것을 받아들일 때만 발전한다.
삶은 신선해야 하고 결코 아는 자가 되지 말고
언제까지나 배우는 자가 되어라.
마음의 문을 닫지 말고
항상 열어두도록 하라.

오쇼 라즈니쉬

일을 하다 보면 장애물에 부딪칩니다.

너무 높은 장애물은 어떻게 극복합니까?

극복하려고, 필사적으로 노력하는 것도 좋지만 큰일입니다.

장애물이 높으면 높을수록 극복이라는 단어를 생각하고

길을 모색하는 것이 좋습니다.

더 간단하고 쉬운 해결 방법이 있습니다.

장애물을 돌파해 버리면 좋습니다.

위에서 공격하는 것이 아니라, 아래에서 공격합니다.

장애물이 너무 높을수록 빠져나가기 쉽습니다.

빠져나갈 때, 머리만 부딪치지 않도록 주의합시다.

너무 높은 장애물은 극복이라는 장애물을

헤쳐 나가기 위해 돌파구를 찾습니다.

뭐야, 이만큼이네 하고 대수롭지 않게 생각합시다.

그것뿐입니다.

최선을 다한 만큼 어제보다 나은 오늘이 될 것입니다.

인생은 잘될 것입니다.

행복하다고
생각하라 #24

우리는 우리가 행복해지려고 마음먹은 만큼 행복해질 수 있다.
우리를 행복하게 만드는 것은 우리를 둘러싼 환경이나
조건이 아니라 늘 긍정적으로 세상을 바라보며
아주 작은 것에서부터 행복을 찾아내는 우리 자신의 생각이다.
행복해지고 싶으면 행복하다고 생각하라.

에이브러햄 링컨

실패함으로써

중요한 것은 얼마나 빨리 노하우를 배울 것인가 하는 것입니다.

책에서 배우는 것도 중요합니다.

하지만 이것만으로는 정말로 몸에 체득되지 않습니다.

정말 몸에 와 닿는 것은 경험입니다.

특히 실패 경험은 매우 중요합니다.

실패 경험은 반드시 성공의 씨앗이 포함되어 있습니다.

실패 경험의 수를 겪으면 겪을수록 정품 노하우를 익힐 수 있습니다.

실제 체험하는 경험만큼 도움이 되는 공부는 없습니다.

성공한 사람은 실패해서 속상해하지 않는다는 것입니다.

그런 사람들은 매우 스피드가 있기 때문에 실패에 속상해할 시간이 없습니다.

실패가 무서운 사람은 속도를 붙여 주면 좋습니다.

실패라는 벽은 속도를 달아 전력투구해 나가면 벽이 손상되도록 되어 있습니다.

벽에 멈춰 서서 어떻게 할 것인가 고민하지 말고 전력투구해 나가면 좋습니다.

속도를 낼 수 있고, 게다가 실패 횟수도 줄일 수 있습니다.

실패를 하고 있음에도 불구하고, 본인은 그렇게 생각하지 않는 이유는

속도를 내고 있기 때문입니다.

실패하고도 웃고 있는 사람은 스피드가 있는 사람입니다.

하고 싶은 일에 속도를 내면 무서운 것도 두려움도 없어져 버립니다.

마법의 스피드로 전력 질주합시다.

part 02

신념이
있는 삶

부지런하고 신념을 가진 사람에게는
인생은 결코 짧은 시간이 아니다.
게으르고 신념이 없는 사람에게는
인생이 천 년이라도 만 년이라도
한 가지일 것이다.
하루하루가 겹쳐 한 달이 되고
일 년이 되고 십 년이 되듯
인생의 위대한 일도
서서히, 그러나 꾸준하게 변함없이
계속해 나가는 동안에
드디어 열매를 맺는다.

기적의 실체 #25

담대해라.
그리하면 어떤 큰 힘이
당신을 도와주기 시작할 것이다.

베이실킹

후회하지 않는 삶을 사십시오.

후회하지 않는, 최선을 다하는

삶이야말로 의미 있는 삶입니다.

지금 살아 있기 때문에, 이 순간을 생각합니다.

어린 시절이라면, 세상물정도 잘 모르는 경향이 많습니다.

그러나 후회하지 말자라는 말이 뒤섞이면 다시금 마음을 바로 세웁니다.

훨씬 앞서 미래를 포함하여 생각하고

더 나은 생각과 선택을 할 수 있게 되는 것입니다.

후회하지 않는 삶을 살자고 마음을 다잡으면

새로운 각오가 확산되는 문구입니다.

모든 곳에서 사용할 수 있는 마법의 문구입니다.

돈을 추구하고 살아온 결과 건강을 잃고

후회하는 것은 의미가 없습니다.

뭔가 열심히 하게 된 결과, 가족이나 친구를 잃고

후회하는 것은 의미가 없습니다.

지금뿐만 아니라 앞으로의 자신을 상상하면서

어떻게 되어 있는지를 생각해보는 것입니다.

불행과의 작별 #26

불행을 불행으로 끝을 맺는 사람은 지혜 없는 사람이다.
불행 앞에 우는 사람이 되지 말고 불행을 하나의 출발점으로
이용할 수 있는 사람이 되어라!
불행은 예고 없이 도처에서 우리를 기다리고 있다.
어떠한 총명도 미리부터 불행을 막을 길은 없다.
그러나 불행을 밟고 그 속에서 새로운 힘을 발견할 힘은
우리에게 있다.
불행은 때때로 유일한 자극제가 될 수 있다.
우리는 불행을 자기를 위하여 이용할 수 있다.

H. 발작

꿈은 부적입니다.

부적의 효과는 의심하면 반감되고 믿는 만큼 두 배로 됩니다.

사람에 따라 다른 것은 사람에 따라 믿는 힘이 다르기 때문입니다.

그럼 어떻게 믿을까요?

정말 효과가 있는지 의심하면, 부적의 효과는 반감합니다.

부적을 믿지 않으면 실생활에 특별한 변화는 없습니다.

평소와 다름없는 생활이 될 것입니다.

부적은 반드시 효과가 있다고 생각하기 때문에 힘이 작용합니다.

부적이 마음의 버팀목이 되는 것으로, 의지나 용기를 받습니다.

그 결과 실생활을 향상하고 개선되거나 하여

더 나은 결과를 가져올 수 있습니다.

믿는다는 것은 전적으로 본인의 의사에 달려 있습니다.

꿈도 부적과 같습니다.

정말 이루어지는 것일까 하고 의심하면 효과는 반감합니다.

의심하면 꿈으로 향하는 노력도 어중간하게 되기 때문입니다.

꿈은 반드시 이루어진다고 믿는 것이 중요합니다.

꿈을 믿으면 파워가 나옵니다.

꿈 자체가 보람이고 희망입니다.

꿈이 있는 사람은 행복합니다.

마음의 버팀목이 됩니다.

꿈은 인생에서 가장 크고 강력한 부적을

손에 들고 있는 것입니다.

생각하는
인생 #27

당신의 인생은
당신이 온종일
무슨 생각을 하는지에
달려 있다.

랄프 왈도 에머슨

지금 힘드십니까?

그렇다면 지금은 행복한 겁니다.

일, 공부, 연애, 인간관계 기타 등등

뭔가 힘들다고 생각하는 것들은 없습니까?

사실, 지금의 어려운 일들이 있기 때문에

지금은 행복이며, 앞으로 잘될 것입니다.

지금은 문제가 있어서 행복하다는 것을 느낍니다.

아무것도 없는 날은 평화이지만, 배움도 없습니다.

문제는 성장의 기회입니다.

예전에는 힘든 일이 있으면 불행한 느낌

기쁜 일이 있으면 행복하다고

단순히 그렇게 느끼고 있었습니다.

하지만 다시 생각해 보면

지금의 자신이 있는 것은 과거의 어려운 일들 덕분입니다.

지금 불행할수록 실은 행복의 지름길을 걷고 있다는 점입니다.

지금 힘들다고 느낀다면 "오늘 점점 더 좋아지고 있다."고 말합시다.

소리 내는 것이 부끄럽다면 살짝 마음속으로도 괜찮습니다.

점점 더 나아지고 있다는 것은

검정에서 흰색으로 바꾸는 것입니다.

그러면 과거에 있었던 검정을 모두 흰색으로 뒤집어

앞으로 올 미래도 모두 좋아질 것입니다.

긍정의 힘 #28

긍정은 무한한 힘을 가지고 있다.
긍정적인 마음가짐은 영혼을 살찌우는 보약이다.
이러한 마음가짐은 우리에게
부, 성공, 즐거움과 건강을 가져다준다.
반대로 부정적인 마음가짐은 영혼의 질병이며 쓰레기이다.
이는 부, 성공, 즐거움과 건강을 밀어내고
심지어 인생의 모든 것을 앗아간다.

나폴레온 힐

마음은 원래 밝게 빛나고 있습니다.

밝은 마음은 구름이 없으면 더욱 좋습니다.

살아 있어도 사는 것 같지가 않습니다.

답답한 기분이 들 때는 없습니까.

마음이 흐려 있는 상태입니다.

비가 올 것입니다.

이러한 상태를 흐린 마음이라고 합니다.

마음의 상태를 글로 표현하는 것은 어렵지만

의지가 나오지 않아서

사는 보람이 느껴지지 않는 것 같은 상태를 말합니다.

구름이 걷히면 반드시 맑은 날이 있고

찬란히 빛나는 태양이 있습니다.

당신의 마음도 마찬가지입니다.

지금 당신의 기분은 어떤 느낌입니까?

시원합니까?

아니면 왠지 초라한 느낌입니까?

걱정, 불안, 기분 좋은, 기분 나쁜 어떤 상태에 있는지를 느껴보세요.

당신은 원래 밝은 성격입니다.

원래 밝은 마음이니만큼 먹구름만 걷히면

당신은 원래의 밝은 상태로 돌아갈 것입니다.

마음의 구름을 없애면 누구나 반드시 밝은 성격이며

충실한 매일을 만날 것입니다.

지금 이 순간 #29

그냥 대지 위를 천천히 걸어라.
차가운 아스팔트가 아니라
아름다운 지구별 위를 걷는다고 생각하라.
다음엔 생각을 놓아 버리고 그냥 존재하라.
숨을 들이 쉬면서 마음에는 평화로운 숨을 내쉬면서
얼굴에는 미소.
그대 발걸음마다 바람이 일고
그대 발걸음마다 꽃이 핀다.
나는 느낀다.
살아 있는 지금 이 순간이 가장 경이로운 순간임을.

탁닛한

의학이 발달한 현재에도 치료가 어려운 병이 있습니다.

그중 하나가 암입니다.

발견이 빠르면 제거나 완치할 수 있지만 몸에 전이되어 버리면

더 이상 치료가 어쩔 수 없습니다.

현재 의학으로도 말기 암은 어렵다고 여겨지고 있습니다.

그러나 비록 무거운 병이 있다고 해도, 부디 마지막까지

희망을 잃지 않았으면 좋겠습니다.

기적이 일어날지도 모르기 때문입니다.

세계에는 기적적으로 회복한 사례도 있습니다.

말기 암 환자가 밝게 살아나서 기적적인 회복을 한 사례입니다.

현재 의료에서 통용하지 않고 긍정적인 마음을 통해

질병을 극복할 수 있다는 것입니다.

긍정적인 마음을 가지면, 면역력이 향상되는 것이 확인되고 있습니다.

꼭 잘될 것이라고 믿고 사는 것이 최고의 약이라고 생각합니다.

사람은 죽을 때까지 심장 박동을 계속합니다.

신진 대사도, 죽을 때까지 반복됩니다.

머리카락도 손톱도 죽을 때까지 계속 증가합니다.

살자 하는 생명력이 몸 안에 있는 증거입니다.

어떤 병이 있어도 반드시 낫는다고 믿읍시다.

밝고 적극적으로 믿고 있으면

정말 기적이 일어날지도 모르는 일입니다.

위대한 나 #30

누구나 자기 안에 위대함의 씨앗을 품고 있다.
비록 그 씨앗이 아직 싹을 피우지 못했다 하더라도
누군가 믿어주면 그 씨앗에서 싹이 피어나게 마련이다.
한 번 믿어줄 때마다 생명의 물과 온기
그리고 음식과 햇빛을 주는 것이다.

존 맥스웰

실패해도 좋습니다.

중요한 것은 적극적으로 행동하는 것입니다.

지금까지 할 수 없었던 것을 할 수 있으니 좋은 것입니다.

스스로 길을 개척하는 것입니다.

그러한 습관을 길러갑시다.

잘하는 것만이 성공하지는 않습니다.

실패해도 성공입니다.

제대로 활동할 수 있었던 경험이 남기 때문입니다.

실패한 직후야말로 괴로운 기분을 느낍니다만

잠시 지나면 그때 행동해서 좋았다고 생각하는 것입니다.

행동하지 않았다는 후회에 비하면

행동한 후 하는 후회 쪽이 훨씬 적습니다.

잘될지 어떨지 모르지만 먼저 행동하는 용기를 가집시다.

생각은 그때 해도 늦지 않습니다.

행동하기 전에 생각만으로는 한계점에 다다릅니다.

행동함으로써 자신의 껍질을 깨고

그릇을 넓히는 계기가 될 것입니다.

인생
도전 #31

당신이 할 수 있거나 할 수 있다고 꿈꾸는 그 모든 일을 시작하라.
새로운 일을 시작하는 용기 속에
당신의 천재성과 능력
그리고 기적이 숨어 있다.

괴테

좋아하는 일을 하고 에너지를 기술로 바꿉시다.

젊을 때는 많은 작심삼일을 거쳐도

자신이 좋아하는 것을 찾으면 큰 성과입니다.

그것이 에너지 기술로 개조하는 방법인 것입니다.

젊은 시절에는 남아 돌 정도의 에너지가 있습니다.

체력이 있고 철야를 해도 끄떡없고, 의지도 굳셉니다.

젊은 시절의 에너지는 사용법에 따라서는

장래에 몇십 배나 커지고 되돌아옵니다.

십 대, 이십 대 때 익힌 영어 실력은 미래의 무기입니다.

젊은 날에 몸에 익힌 컴퓨터 지식은

미래의 일에 크게 도움이 될 것입니다.

젊은 시절에 자신이 좋아하는 것을 찾아내고 발견하면

좋아하는 것에 에너지를 투자하여 기술로 개조하는 것입니다.

젊은 시절에 에너지를 기술로 개조하는 것이 있다면

이렇게 든든한 자신의 무기는 없습니다.

그것을 사용하여 일을 할 수 있게 되어, 독립할 수 있습니다.

돈과 시간을 자유롭게 사용할 수 없는 상태라면

젊을 때일수록 자기가 좋아하는 일에 미칩시다.

젊음이라는 에너지를 젊은 시기에

특기로 바꾸어 두는 것이 중요합니다.

꿈이란  #32

꿈이란 어떤 형태의 것이든 소망 충족의 수단이며 꿈을 꾸는 사람
은 그 자신이면서도 현실의 자기 자신과는 완전히 단절되어 있는
무의식속에 살고 있는 욕망이다.

지그문트 프로이드

성공한 사람이 되고 싶다고 생각한 당신은 이미 성공한 사람입니다.

자신의 인생을 바꾸려는 확고부동한 결단 때문에 성공할 수 있습니다.

세상에는 꼭 성공하고 싶다고 생각조차 않는 사람도 많습니다.

어차피 자신은 할 수 없다고 생각만 하고 있습니다.

대부분의 사람들이 단념하는 인생을 걷고 있는 가운데 당신만은 다릅니다.

성공한다는 큰 결정을 한 것입니다.

한 번뿐인 내 인생이기 때문에, 후회 없이 살 것이라는 자신과의 약속입니다.

노력하려는 기분이 되고 있습니다.

의욕이 넘쳐 있습니다.

성공하고 싶다고 진심으로 생각하는 사람은 꼭 성공합니다.

그러한 의미에서도 선택된 하나입니다.

성공한 사람이 되고 싶다고 생각하는 것은 하나의 성공입니다.

현실에서는 아직 변화가 없어도 기분으로라도 성공하고 있습니다.

성공한 사람이 되고 싶다고 생각하면

당신은 이미 성공한 사람입니다.

당당히 성공한 사람이 되었다는 생각으로 인생을 살아갑시다.

이유 있는 행복 #33

인간은 자신이 행복하다는 사실을 알지 못하기 때문에 불행하다.
단지 그 이유뿐이다. 그게 다.
만약 자신이 당장 행복해질 것이라는 사실을 깨닫게 된다면
그 순간 아무 문제가 없어진다.
나는 불현듯 그 사실을 깨달았다.

도스토예프스키

아무것도 남기지 않으면 인생은 어떻게 됩니까?

그냥 인생에서 끝입니다.

아무것도 남기지 않으면 아무것도 아닌 인생에서 끝나 버립니다.

죽음의 순간 "아무것도 없는 인생이었다."라고 후회하면서

세상에서 사라져 버릴 것입니다.

자신이 죽을 때, 아무것도 남기지 않고 사람들의 기억에서도 잊혀 갑니다.

슬픈 일이지만 현실입니다.

아무것도 남기지 않는 인생은 허망합니다.

지금 뭔가 남기고 싶은 게 있습니까?

자신에게 무엇을 남길 것입니까?

이런 생각은 중요합니다.

사람이 태어난 것은 더 좋은 것을 남겨 두기 위함입니다.

내가 할 수 있는 범위에서 남길 것을 생각합시다.

내가 할 수 있는 범위에서 떠날 수 있다면, 뭐든지 좋습니다.

우리의 인생은 이른바 릴레이입니다.

조상으로부터 물려받고 더 나은 것을 남기기 때문에 다음
세대에게 바통을 넘기며 풍요로움이 그대로 유지됩니다.

미래가 점점 풍부해지고 밝아집니다.

좋은 것이 모여, 더 나은 미래를 만드는 일입니다.

그것이 살아 있는 의미입니다.

언제까지나 사랑하라 #34

땅에 엎드려 입을 맞추고 눈물로 흙을 적셔라.
그러면 네 눈물이 대지의 열매를 맺어줄 것이다.
이 땅을 언제까지나 사랑하라.
이 세상에 존재하는 모든 것을 사랑하고
그 영광과 환희를 맛보아라.

도스토예프스키

시간은 인생을 구성하는 가장 중요한 요소인데

소중히 하지 않고 자칫 낭비하기 십상입니다.

제한된 시간 속에서 행동해야 합니다.

특히나 생각은 행동이 중요하다는 것입니다.

생각만 하고 계획만 세우고

생각과 계획한 것을 살려 바로 행동으로 옮기는 것이 중요합니다.

그것을 내일로 미루면 아무 결과도 없는 것입니다.

시간이 없다는 말은 자주 사용하지만

이로써는 시간을 만들 수 없습니다.

그래서 시간 관리가 중요한 것입니다.

자투리 시간의 효율화로 새로운 시간을 창조해나가고

우선순위를 바꾸는 것도 하나의 방법이고

해야 할 일에서 도망쳐가는 것은

가장 쉬운 변명으로 시간회피인 경우가 많습니다.

잠깐 시간에 대해 함께 생각해보고자 합니다.

시간은 화살처럼 지나갑니다.

인생 설계는 시간의 디자인입니다.

그리고 지나간 시간은 영원히 돌아오지 않습니다.

또한 이 시간의 축적이 인생을 만들고 역사를 이루어 왔습니다.

인생은 태어나서부터 죽을 때까지 시간으로 이루어져 있습니다.

따라서 시간을 어떻게 활용하느냐에 따라

우리의 인생은 위대한 사람이 될 수 있습니다.

이 시간의 사용법, 활용 방법을 궁리하는 것이 인생 설계인 것입니다.

인내의
열매 #35

씨앗을 심고 나무가 되기를 기다려야만
비로소 열매를 얻을 수 있듯이
참고 기다릴 줄 아는 것이 가장 큰 지혜다.

존 맥에널티

인생의 가장 큰 즐거움은 실패입니다.

인생은 두려워하는 것이 아니라 기대하는 것입니다.

실패한 후에 얻어지는 성장을 생각합시다.

얻을 수 있는 성장을 생각하게 되면 실패가 두렵지 않습니다.

오히려 기대됩니다.

실패를 하면 자신의 나쁜 곳이 반드시 발견되어

반드시 성장한다는 보장이 있습니다.

반드시 성장한다는 보장이 있어 기쁨이 큽니다.

최근 실패를 경험했는지요?

최근에 성장하지 못했다고 생각한다면 실패합시다.

'이번에는 어떤 성장을 얻을 수 있을까.' 하고 생각하면 오히려 가슴이 뜁니다.

매일 무언가에 도전하고 실패할 수 있는 사람은 쭉쭉 성장할 수 있습니다.

실패는 큰 성공을 낳습니다.

실패야말로 인생에서 가장 큰 재미입니다.

비극과
희극 #36

비극과 희극은 우리 앞에 있는 현실의 두 가지 측면이다.
비극을 볼 것인가 희극을 볼 것인가는
우리의 시각에 달려 있다.

아놀드 베이서

사람들이 모이면 성공한 사람이라고 생각되기 십상입니다.

분명히 성공하면 다른 사람보다 월등하게 많은 관심을 모을 것입니다.

그러나 성공만을 말하면 자랑이 됩니다.

주목을 끌수록 반대로 다른 사람으로부터 미움이 될 수도 있습니다.

인기는 성공 대신 실패를 말합니다.

사람들이 주목하고 감동하는 이야기는 성공담이 아닌 실패담입니다.

부정적인 사람은 성공을 추구하고, 긍정적인 사람은 실패를 구합니다.

우리는 성공하고 싶다고 생각하면서 일상생활을 열심히 합니다.

그러나 많이 실패하는 편이 좋습니다.

실패를 통해 얻을 수 있는 공부는 성공보다 크기 때문입니다.

게다가 사람에게 웃으며 말할 수 있는 밝은 실패담도 있습니다.

웃으면서 실패를 이야기하면 자신도 타인도 밝게 할 수 있습니다.

타인의 실패담은 아무도 다치지 않으며 간접체험이 됩니다.

정말 해야 할 것은 성공이 아니라 실패입니다.

실패할 것 같다고 생각하면

지금 당신에게 좋은 기회가 찾아오고 있는 것입니다.

신념이 있는 삶 #37

부지런하고 신념을 가진 사람에게는
인생은 결코 짧은 시간이 아니다.
게으르고 신념이 없는 사람에게는
인생이 천 년이라도 만 년이라도 한 가지일 것이다.
하루하루가 겹쳐 한 달이 되고 일 년이 되고 십 년이 되듯
인생의 위대한 일도 서서히, 그러나 꾸준하게 변함없이
계속해 나가는 동안에 드디어 열매를 맺는다.

채근담

성공하지 않으면 행복할 수 없다고 생각한다면 환상입니다.

성공하지 않아도 행복해질 방법은 많이 있습니다.

만약 성공해야 행복할 수 있다고 생각하고 있다면

성공한 사람 이 외는 모두 불행한 사람이라는 것입니다.

하지만 현실은 성공하지 않았는데

행복하게 살고 있는 사람이 많이 있습니다.

그런 행복한 사람들의 공통점은 즐기고 있다는 것입니다.

성공하지 않고도 행복한 사람들은 인생을 즐기고 있습니다.

성공은 하지 않아도 좋으니 인생을 즐기려고 노력하고 있습니다.

승리에 집착하는 것도 아니고, 성공에 집착하는 것도 아니고

그냥 순수하게 자신이 좋아하는 일을 즐기는 것입니다.

이것이 정말 행복한 인생을 걷고 있는 사람의 롤모델입니다.

즐기기에 집중하는 것이 역시 제일 즐겁습니다.

성공해야 행복하다는 것은 아닙니다.

성공은 하지 않아도 인생이 즐거우면 그것으로

충분히 행복한 인생이 되는 것입니다.

생생하게 꿈꿔라 #38

당신의 소망을 생생한 비전으로 마음속에 품어라.
그러면 소망이 이루어질 것이다.
당신의 생각과 믿음 그리고 느낌이 당신의 운명을 결정한다.
그래야 당신이 마음속으로 느끼거나
생각하는 그것이 될 수 있다.

지그프리트 로이

하루 24시간, 1년은 365일입니다.

이러한 사실은 누구든지 마찬가지입니다.

그런데 사람들은 매일 어딘지 모르게 시간을 사용하고

즐기고 있는데 갑자기 이 24시간이

매일 영원히 계속될 것처럼 생각해 버립니다.

우선 우리가 평생 사용할 수 있는 시간을 생각해 봅시다.

두려워하지 않고 엄밀히 말하면

우리네 삶의 종료일이 언제인지 정말 아무도 모릅니다.

즉 자신이 평생에 몇 시간을 사용할 수 있는지는

자신조차 모르는 것입니다.

이러한 현실을 직시하고 있다는 것은

시간의 사용에 크나큰 변화를 가져옵니다.

그렇게 생각하면, 시간의 가치를 조금씩 다른 관점으로 바꾸어 줍니다.

현명한 사람들 대부분은 시간의 사용법을 궁리하고 있습니다.

한정된 시간 속에서 시간을 낭비하고 싶지 않다고 생각하는 것입니다.

그래서 "내일 하자.", "나중에 하면 된다."라는 말은 나오지 않으며

신속하게 해결책이나 행동을 제시하는 것입니다.

항상 잠자리에 들기 전 자신에게 이렇게 질문해 봅시다.

"오늘이라는 하루는 정말로 충실했는가?"

매일 이 물음에 예스라고 대답해야 합니다.

마음 #39

마음은 모든 것의 근본이 된다.
마음속에 착한 일을 생각하면
그 말과 행동도 또한 그러하리라.
그 때문에 즐거움은 그를 따르리.
마치 수레를 따르는 수레바퀴처럼.

법구경

인생은 행동한 만큼 전진하는 정직한 세계입니다.

단 하나만 의식합시다.

그것은 행동입니다.

인생은 일, 시험, 연애, 인간관계 등 넘어야 할 벽이 많이 있습니다.

극복에도 필요한 것이 행동입니다.

잘하면 좋겠다고 생각하는 것만으로는 현실은 바뀌지 않습니다.

행동하면 알 수 있습니다.

실제로 행동하는 것으로, 처음 현실이 됩니다.

실제로 행동한 후에는 반드시 구체적인 경험이 쌓입니다.

구체적인 경험을 하면 뭔가 결과가 돌아옵니다.

잘했을 때는 기쁨이 돌아옵니다.

못 하면 실패에서 교훈이 돌아옵니다.

모두 긍정적 결과입니다.

이것이 전진입니다.

반드시 전진할 수 있으니까, 어쨌든 행동해 보면 좋습니다.

도전은 재미있는 것입니다.

행동은 꿈에 가까워지는 것입니다.

꿈에 접근할 수 있습니다.

무언가를 실현시키고 싶을 때, 행동에서 모두가 시작됩니다.

그렇습니다.

먼저 행동합시다.

실제로 정말 행동해 보는 것이 제일 중요합니다.

마음속 평화 #40

나는 오늘에야 비로소
모든 괴로움에서 멀리 벗어났다.
아니, 더 정확히 말하자면 내 스스로가
모든 괴로움을 내몰아 버린 것이다.
그것은 바로 내 안에, 내 생각 속에
존재하고 있었던 것이다.

마르크스 아우렐리우스

당신의 주특기는 무엇입니까?

이렇게 물었을 때 반사적으로 나옵니까?

자신의 주특기가 무엇이라고

자신 있게 말할 수 없는 이유는 무엇입니까?

분명히 할 수 있는 것도 자신의 마음입니다만

그것만 생각하는 것은 좋지 않습니다.

특출하게 잘할 필요가 없습니다.

있는 편이라고 생각한다는 정도도 좋습니다.

있는 편이라고 생각하는 것은 이미 충분한 장점입니다.

내가 할 수 있는 것을 종이에 메모하며 갑시다.

그러면 어떻습니까.

자신의 장점이 눈에 보이며 기운이 나오지 않습니까?

동시에 할 일의 방향성까지 보이는 것입니다.

체력이 있는 편이라면 육체적인 일이 맞을 수도 있습니다.

일을 통해서 단련하면 더 잘할 수 있게 될 것입니다.

그래서 점점 미래가 밝아집니다.

꿈꾸는 삶 #41

우리는 생각대로 살면 우리가 꿈꾸는 최고의 비전에 도달할 수 있다.
인생을 넓혀나가고 싶다면 우선 인생에 대한 당신의 생각과
자기 자신을 넓혀라.
당신이 간절히 원하는 자신의 모습을
언제 어디서나 잊지 말자.

오리슨 스웨트 마든

무엇을 시작한다면 오늘이 좋습니다.

"언젠가 할 거야.", "나중에 할 거야."라고 하는 것은

거의 하지 않을 가능성이 높습니다.

머릿속에서는 실제로 행동하면 된다고 명령을 내리지만

절박하게 행동할 필요가 없기 때문에

중요하지 않은 것이면

실행하지 않아도 해가 없을 것입니다.

그러나 중요한 것들을 뒷전으로 미루면

곧 대단한 일들을 실행해야 하는 날이 찾아옵니다.

이상한 일입니다만

"언젠가 할 거야.", "나중에 할 거야."라는 것은

사실은 중요한 일일 경우가 많습니다.

우선은 작은 것부터 시작해 보지 않겠습니까?

무언가를 시작한다면 오늘이 가장 좋은 날입니다.

왜냐하면 앞으로의 인생에서 오늘이 가장 청춘이기 때문입니다.

위기는
곧 기회

위기(危機)라는 단어를 한자로 적으면
두 가지 뜻으로 이루어져 있다.
하나는 위험하다는 뜻이고
또 하나는 기회라는 뜻이다.

존. F. 케네디

원하는 것을 향해 달리고 있는 자신을 칭찬해 줍시다.

인생의 목적이 확실하고

지향해야 할 도달점이 분명하면

망설임과 고민은 적어진다고 생각합니다.

목적을 확실히 하고 있으면

수단에 죽을 수는 없습니다.

수단과 목적을 혼동하지 말고 명확하게 그리면 대부분

싫은 것은 극복할 수 있다고 생각합니다.

눈앞에 보이는 장애와

자신답게 행동해야 하는 것은

자신이 원하는 것을 제대로 응시하고 있기 때문입니다.

우리가 자신이 원하는 것을 얻는다는 것은

목표에 도달하기 위한 수단에 지나지 않습니다.

나만의 보물섬을 향해 자신감 있게 도전합시다.

분명 수많은 장애를 여러 번 겪을 수 있습니다.

그렇지만 자신이 원하는 것을 향해

한 걸음씩이라도 나아가 보십시오.

만일 실패하더라도 목적을 향해 나아갔다면

자신을 진심으로 칭찬해 주십시오.

행복의 눈빛으로 #43

불행에서 벗어날 수 있는 한 가지 법칙.
그것은 행복의 눈빛으로 세상을 바라보는 일이다.
모든 일에 만족하면서 살아가는 사람도 있지만
언제나 슬픔의 강에 자신의 몸을 던지는 사람도 있다.
슬픔으로 자신의 몸을 적시는 사람은 행복할 수 없다.
그대의 눈동자 속에 행복이 깃들어 있다면 세상은 온통
환할 것이다.
지혜의 빛을 따라 걸어가면 그 길이 보인다.

발타자르 그라시안

기울어지거나 넘어져도 바로 일어나는 오뚝이를 아십니까?

빨리 일어나는 비밀은 추에 있습니다.

인형 바닥에 추가 있기 때문에 기울어지거나 넘어지거나 해도
바로 수직으로 일어나는 것입니다.

몇 번 쓰러뜨려도 곧장 일어납니다.

이 오뚝이의 움직임은 바로 꿈을 좇는 사람의 이상형입니다.

여러 번 실패해도 굴하지 않고 떨쳐 일어섭니다.

몇 번 넘어져도 바로 일어나는 정신을 우리는 배웁니다.

어린이 장난감이지만, 보기에 따라서는 성인이기도 합니다.

깊은 의미가 담긴 장난감입니다.

좌절하게 되면 오뚝이를 기억합시다.

오뚝이를 보고 있으면 기운이 납니다.

잊고 있었던 소중한 삶을 상기시켜 주는 것입니다.

위인과
성공한 사람의
공통점 #44

쉽고 편안한 환경에서는 강한 인간이 만들어지지 않는다.
시련과 고통의 경험을 통해서만 강한 영혼이 탄생하고
통찰력이 생기고 일에 대한 영감이 떠오르며
마침내 성공할 수 있다.

헬렌 켈러

긍정적인 생각이 중요합니다.

지금까지 성공 철학은 "꿈을 가져라.", "목표를 세워라."라는 것이었습니다.

수백, 수천 권이라는 책이 당신에게 성공 철학을 가르치고,

긍정적인 생각을 알려줍니다.

원래 긍정적인 생각은 지식의 흡수와는 다릅니다.

진짜 긍정적인 생각은 자신의 내부에서 끌어내는 것입니다.

현실은 원래 밝은 것입니다.

그 밝기에 대해 나름대로 판단하는 당신에게 문제가 있는 것입니다.

밝은 현실에 어울리는 생각에는 어떤 것이 있습니까?

곰곰이 생각해봅시다.

진짜 긍정적인 생각은 어떤 모습입니까?

책을 읽고 지식을 흡수하는 것은 아닙니다.

본래 마음 어딘가에서 이미 알고 있는 것입니다.

진짜 긍정적인 생각은 자신 속에서 꺼내는 것입니다.

두려워하지 마라 #45

그대가 어디에 있든 두려워하지 마라.
오직 한 가지만 버려라.
두려움 없이 커다란 용기를 갖고
실체가 무엇이건 그것을 꿰뚫어보라.
똑바로 바라보면서 그것을 통과해가라.

오쇼 라즈니쉬

우리가 인생을 최선의 방법으로 걷는 것은

즉 그것은 초심을 잊지 않는 것입니다.

초심이 중요하다는 얘기를 많이 듣습니다.

초심으로 돌아가서 열심히 합시다.

스포츠에서는 특히나 이런 얘기가 많이 나옵니다.

사람은 나이를 거듭하고 경험이 쌓일수록

자기방식대로의 삶에 빠질 수가 있습니다.

나는 틀리지 않습니다.

과연 자신이 그만큼 우수한 것인지 완벽한 인간인지 매우 궁금합니다.

분명히 뭐든지 할 수 있는 사람은 있습니다.

그러나 완벽한 사람은 이 세상에 없습니다.

그렇게 완벽하게 얘기하는 사람일수록 주의해야 합니다.

인생은 내일을 알 수 없습니다.

또한 그런 사람이 되어서는 마지막 목적지에 도착할 수 없습니다.

만약에 힘들게 도착할지라도 성취감을 얻을 수 없을 것입니다.

지금이라도 늦지 않습니다.

초심으로 돌아가 후회 없는 인생을 걸어 나갑시다.

기적을 만드는 당신의 힘 #46

아무리 큰 역경이 닥쳐오더라도
비록 고꾸라져 땅에 머리를 찧었을지라도
그것이 바로 내가 지팡이를 짚고 일어서 중절모를 바로잡고
넥타이를 바로 멜 수 있는 이유다.

찰리 채플린

성공의 계단은 위로 오르면 전망이 좋아집니다.

향상되는 것이 느껴지기 때문에 좋은 기분이 될 것입니다.

그러나 성공의 계단이 위로 올라갈 수밖에 없다고

생각한다면 오해입니다.

아래로 내려가는 성공의 계단도 있습니다.

지하도와 같은 것입니다.

횡단보도에서는 지상의 사정이 좋지 않은 경우

육교와 횡단보도가 만들 수 없는 경우가 있습니다.

그러한 경우에는 지하도를 만들고, 보도를 건널 수 있도록 합니다.

어둡고 좁은 길입니다만 올바른 길입니다.

만약 당신이 아래로 내려갈 수밖에 없는 상황이라면

지하도도 생각하는 것입니다.

지상의 사정이 나쁘기 때문에 아래에서 진행할 뿐입니다.

아래로 내려갈 수밖에 없는 상황에서도 도전은 필수입니다.

성공의 계단이 아니라 성공의 지하도입니다.

지하의 길을 걷는 것이 지름길이 될 것입니다.

지하도를 빠져 나오면 새로운 인생이 펼쳐져 있습니다.

한 걸음 #47

위대한 사람은
단번에 그와 같이 높은 곳에 뛰어오른 것이 아니다.
동반자들이 밤에 단잠을 잘 적에
그는 일어나서 괴로움을 이기고 일에 몰두했던 것이다.
인생은 자고 쉬는데 있는 것이 아니라
한 걸음 걸어 나가는 데에 있다.

브라우닝

자기 자신이 최선을 다해서 열심히 했는데,

잘되지 않았습니다.

그래도 포기하고 싶지는 않습니다.

아직 희망의 불씨는 살아 있습니다.

인생 살다 보면 좋아질 수도 나빠질 수도 있습니다.

어쩌다 운이 좋아 대박이 터질 수도 있습니다.

인간사 새옹지마라는 말도 있습니다.

인생은 그런 것이니까요.

결과로 무엇을 얻을 수 있는가보다.

지금 무엇을 하고 있는지에 관심을 가져 보십시오.

인생길을 걸어 나가다 보면 무언가가 잘될지 어떨지는,

상당히 '운'이 통할 때도 있습니다.

즉 확률입니다.

그래서 도전 횟수가 많으면 그만큼 결과가 잘될 가능성이 높아집니다.

아무튼 하지 않으면 아무것도 시작하지 않으면 운조차 오지 않습니다.

조금이라도 확률을 줄일 수 있으면 좋습니다.

확률을 높이기 위해서는 성능에 집중하는 것입니다.

직접 성과를 목적으로 하는 것이 아니라,

이렇게 하면 성과가 오를 것이라고 하는 희망을 의식합시다.

하지만 만약 성과가 조금 모자랐다고 생각한다면

그것은 개선해야 할 점입니다.

최선을 다했기 때문에 후회는 없습니다.

마지막까지 최선을 다해봅시다.

어느 길을 선택해도 괜찮습니다.

다시 말하지만, 인생이 어떻게 될지는 그 누구도 모릅니다.

아무튼 즐겁게 인생길을 걸어 나가는 것이 좋다고 생각합니다.

고통의 진실 #48

고통은 살아 있는 존재의 일부이며
우리는 그것을 배울 필요가 있다.
고통은 영원히 지속되지도 않으며
견디기 힘들 정도로 힘겹지도 않다.

헤롤드 쿤셔

인식하고 있을지 모르지만

인생이라는 것은 집중 공략하는 게임 같은 것입니다.

스포츠를 즐기거나 드라이브를 하거나 달리기를 하거나

등산을 하거나 약간의 즐거움도 있습니다만

인생이라는 게임에서 승리 포인트는 시간관리가 제일 중요합니다.

가장 중요한 것은 승리 플레이어, 즉 옳은 일에 시간을 사용한다는 것입니다.

게임의 후반에서는 대부분의 경우 돈이라는 요소가 들어옵니다만

항상 최우선시해야 할 것은

어느 곳에 시간을 사용할 것인가 제대로 숙지하는 것입니다.

갑작스럽지만 당신은 물건을 잘 찾고 있습니까?

가끔씩 휴대 전화나 리모컨을 찾는다든지 어디에 차를 주차했는지 망각하고

주차장을 서성인 경험도 있을 것입니다.

또 여러분은 쓰던 펜이 눈에 띄지 않는다든가

가족이 제자리 이 외에 둔 물건을 찾을 때가 있을 것입니다.

통계에 따르면 사람은 1일 10분, 평생이라면 무려 153일의 시간을

물건을 찾는 데 보낸다고 합니다.

조금 조심하면 잃지 않을 수도 있는데

인생의 귀중한 153일을 사용하고 있다고 생각하면

매우 아까운 생각이 듭니다.

part 03

마음속
평화

물은 물결이 일지 않으면
스스로 고요하고
거울은 흐리지 않으면
스스로 맑다.
마음도 이와 같아서
흐린 것을 버리면
맑음이 저절로 나타날 것이요
즐거움도 구태여 찾지 말 것이니
괴로움을 버리면
즐거움이 저절로 있을 것이다.

좋아하는 것을 찾아라 #49

다른 사람의 삶을 사느라
한정된 시간을 낭비하지 마라.
중요한 것은 당신의 마음과
직관을 따르는 용기를 내는 것.
이미 마음과 직관은
당신이 하고자 하는 바를 알고 있다.

스티브잡스

우리는 자신의 미래의 희망 중

하나를 목표로 설정해서 달려왔습니다.

또한 단지 아름다운 사랑을 통해 결혼하고 싶어 합니다.

어떤 사람들은 부의 성취를 통해 억만 장자가 될 수 있도록 노력도 합니다.

나는 이 사람들이 원하는 것처럼

반드시 현실이 될 수 있다는 생각에 때로는 환상이 됩니다.

이러한 열망이 정말 현실이 될 수 있을 거라고

생각하면서 자신의 욕망을 불태우곤 합니다.

그러나 각각의 인생이 세상에서 존재하는,

현실적이고 구체적인 희망을 가지고 대상이 완료될 때까지

자신의 꿈을 추구하고자 합니다.

이것이 희망의 진정한 정의입니다.

사람은 행복하게 살고 싶어 하고

대부분의 사람들은 희망의 파랑새를 놓치지 않으려 안간힘을 씁니다.

인생은 길다면 길고 짧다고 생각하면 짧은 유효기간의 날입니다.

왜 우리의 삶에서 우리는 진정한 희망을 기대합니까?

그러한 물음들이 더 큰 행복, 더 많은 성취를 가져다 줄 것입니다.

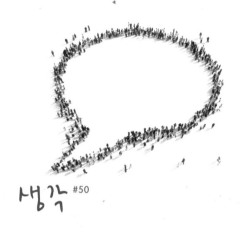

생각 _{#50}

현재의 우리 모습은 우리의 생각이 만든 것이다.
그러니 무엇을 생각할지 염려하라.
말은 둘째다.
사는 것은 생각이고 생각은 먼 곳을 여행한다.

스와미 비베카난다

힘이 있기 때문에 행동하는 것은 아닙니다.

힘이 나오지 않는다고 생각했을 때는 행동합시다.

힘이 나오지 않으면 행동도 할 수 없는 것 아닌가 하고 생각합니다만

그렇지 않습니다.

사람의 몸은 발전기를 옮길 만한 힘이 나오게 됩니다.

하반신을 움직일 경우 한 번에 많은 근육을 움직일 수 있습니다.

전신의 혈류가 좋아집니다.

조금 걷는 것만으로도 몸에 상당한 운동입니다.

힘이 있기 때문에 행동하는 것이 아닙니다.

행동하기 때문에 힘이 나옵니다.

몸을 움직이면 피곤하기는커녕 활기가 생깁니다.

힘이 나오지 않는다고 생각했을 때 먼저 한 걸음만 걸어 봅시다.

천천히 걷다 보면 에너지가 나옵니다.

한 걸음 걷다 보면 열정으로 발전됩니다.

한 걸음이 열 걸음이 되어서 기운도 생기고 30분, 1시간도 걸을 수 있습니다.

가벼운 마음으로 시작한 것이 큰 것을 이룰 수 있습니다.

열정 #51

열정은 희망을 별들에 이를 정도로 부풀게 만드는 이스트다.
열정은 당신의 눈 속에 타오르는 불꽃이며 힘찬 걸음걸이다.
또한 꼭 움켜진 손이요, 억누를 수 없이 솟아오르는 의지이며
생각을 행동으로 옮기게 하는 에너지이다.

헨리포드

자신의 마음속에서 원하는 것, 마음이 두근두근하는 것.

이러한 목표를 찾으면 최선이지만

이러한 목표는 그 사람들에게 최적의 기회일 때

오는 것 같기도 합니다.

그러한 목표를 찾지 않고 자신을 연마하는

작은 목표와 목적을 찾아 달성을 위한 노력을 합니다.

물론 실패도 반복합니다.

그렇지만 그러한 것이 자신을 컨트롤하는 힘을 기르는 것이며

언젠가 자신의 진짜 해야 할 목표가 보인다고 생각합니다.

자신을 닦는 것은 자신 안에 있는 능력을

이끌어내는 것이라고 생각합니다.

지금은 있는지 없는지 모르는 작은 능력도 목적 달성의 과정을

반복하다 보면 어느새 충분히 성취해가는 것입니다.

막연히 사는 것은 그만둡시다.

지금 작은 목표부터 도전하지 않겠습니까?

목표 있는 하루 #52

패자들은 목표를 명확히 정의하지 않았거나
그 목표를 이룰 수 있을 것이라는
믿음을 갖지 않았기 때문이다.
승자들은 자신이 어디로 가고 있는지
그 길을 가면서 무엇을 할 계획인지
그 모험을 누구와 함께 할 것인지
말할 수 있다.

테니스 웨이틀리

우리는 돈과 시간과 에너지 등을 투자하여

거기에서 무언가를 손에 넣고 인생길을 만들어 갑니다.

돈을 사용하여 물건을 손에 넣으면,

생활은 편리합니다.

시간을 통해 인간관계를 갖도록 하면

우호 관계가 형성됩니다.

에너지를 사용하여 창의력을 창출하면

경험치가 올라갑니다.

여기서 주의하고 싶은 것이 있습니다.

그것은 돈을 사용하여 물건을 손에 넣는 것은

상대적으로 안정되어 원하는 결과를 손에 넣을 수 있지만

시간과 에너지를 소비한 결과는 해보고 않으면 모른다는 것,

즉 불확실하다는 것입니다.

그러나 경험치라는 관점에서 보면 이 불확실한 요소가

실력 향상에 큰 도움이 된다고 생각합니다.

경험을 했다는 것은 그냥 아무것도 하지 않는 경우와는

비교할 수 없는 가치가 있는 것이라고 생각합니다.

꿈과 목표 #53

무엇이든 하고 싶은 것을 마음속에 확실히 심어두어라.
그리고 옆길로 새지 말고 목표를 향해 곧장 전진해 나아가라.
당신이 하고 싶은 위대하고 찬란한 일들에 대해 생각하라.
보이지 않는 과녁은 맞힐 수 없으며
이미 존재하지 않는 목표는 볼 수 없다.

지그지글러

처음부터 큰 성공을 추구하는 사람은 실패하는 사람입니다.

처음부터 큰 성공을 추구하면 안 됩니다.

처음부터 큰 성공은 없기 때문입니다.

큰 성공은 사실 작은 성공의 집합체라는 점에 주목합시다.

작은 성공의 결정이 큰 성공입니다.

그러나 그런 성공도 더욱 가까이서 잘 보면

작은 실패의 집합체라는 점에 주목합시다.

많은 실패 덩어리가 성공이고

많은 성공 덩어리가 큰 성공입니다.

갑자기 큰 성공이라는 것은 세상의 이치에 위배되는 것이며

있을 수 없는 것입니다.

당신의 몸이 하나의 많은 세포 덩어리입니다.

큰 성공이라는 덩어리는 많은 성공의 덩어리이며

성공은 실패의 덩어리입니다.

먼저 당신은 큰 성공에 접근하기 위하여 해야 할 것은 실패입니다.

실패를 하여 처음으로 조금 성공에 접근할 수 있습니다.

큰 성공은 수많은 실패 위에 성립되고 있는 일입니다.

당신은 처음부터 큰 성공을 추구하지 않습니까?

처음부터 큰 성공은 없습니다.

참다운 나 #54

행복할 때는 우리가 고난을 어떻게 견딜 수
있는지 알지 못한다.
고난 속에서 비로소
우리는 자기 자신을 알게 된다.

C. 힐티

사람과 접할 수 없으면 아프지 않습니다만

살아 있는 가치를 발견하기 어려운 상태가 됩니다.

자기 자신을 응원하지 않으면 점점 자신감을 상실합니다.

스스로 자신에게 칭찬해줍시다.

자신이 노력해서 할 수 있던 것을 조금 과장되게 칭찬합시다.

사소한 일도 괜찮습니다.

"오늘은 일찍 일어났다. 졸리기는 하지만 변화를 주는 내 자신이 대단하다."

"오늘은 운동을 조금 했다. 운동 거리는 짧지만 아무튼 잘했다."

"오늘은 목표에 조금 못 미쳤지만 최선을 다한 내 모습이 자랑스럽다."

"오늘은 평소보다 긍정적인 생각을 많이 했다. 희망이 보이기 시작한다, 힘내자."

스스로 자신을 칭찬, 칭찬, 칭찬해줍시다.

자신을 칭찬해주면 조금씩 자신감이 붙습니다.

자신감이 붙으면, 또한 새로운 행동을 할 수 있게 됩니다.

이 사이클에서 잃어버린 자신감을 되찾아가는 것입니다.

내부에서 탈출하려면 스스로 자신에게 칭찬해줍시다.

내안의 적 #55

나의 실패와 몰락을
책망할 사람은 나 자신밖에 없었다.
나는 마침내 깨달았다.
내가 나 자신의 최대의 적이며
나 자신의 비참한 운명의 원인이었다는 것을……

나폴레옹

사람은 사소한 것에 고민합니다.

원하느냐 아니면 하고 싶지 않느냐입니다.

알 듯 모를 때가 있습니다.

기분이 개운치 않고 마음의 정리가 잘되지 않습니다.

그러한 경우에는 질문의 방법을 바꾸어 봅시다.

후회를 하거나 하지 않거나입니다.

그것을 하지 않고 후회하지 않는다면, 하지 않아도 좋습니다.

후회가 없다면 큰 문제는 없습니다.

빨리 잊어버립시다.

후회한다고 생각하는 것은

잠재적으로 하고 싶다는 마음이 있다는 증거입니다.

희망을 실현하는 것도 중요하지만

후회하지 않는 인생을 보내는 것은 더 중요합니다.

희망은 이루어지지 않더라도

또한 기회일지도 모릅니다만

후회는 기회가 없습니다.

지나간 과거는 다시는 돌아오지 않기 때문입니다.

원하거나 원하지 않거나보다는

후회하거나 하지 않거나입니다.

후회하지 않는 삶을 살면

필연적으로 원하는 인생을 걸을 수 있게 됩니다.

꿈을 향해 ^{#56}

꿈을 향해 대담하게 나아가라.
자신이 상상한 바로 그 삶을 살아라.

헨리 데이비드 소로

성공하기 위해서는 큰 실패가 필요합니다.

실패하지 않고는 결코 성공할 수 없습니다.

큰 성공을 거두기 위해서는 큰 실패가 필요합니다.

성공하고 나서 실패는 안 됩니다만, 성공하기 전에 많은 실패가 필요합니다.

실패한 만큼 소중한 것을 얻을 수 있습니다.

특히 필요한 것은 큰 실수입니다.

작은 실패는 크게 피부에 와 닿지 않습니다.

크게 성공한 사람일수록 큰 실패를 한 경험이 있습니다.

일이 거의 완성했을 때, 자신의 실수로 모든 것을 파괴해 버리는 경험입니다.

자신의 인생에 있어서 큰 빚을 짊어지는 경험입니다.

큰 실패에서 좌절감을 맛봅니다.

반면 큰 것도 얻을 수 있습니다.

큰 실패는 큰 성공의 지름길입니다.

실패의 크기는 성공의 크기와 일치합니다.

큰 실패는 성공을 위한 등용문입니다.

큰 실패이기에 무조건 나쁜 추억이 될 수는 없습니다.

큰 실패는 몇 년 후에는 좋은 추억이 됩니다.

그때의 실패가 지금의 자신을 만들었다고 웃으면서 얘기할 것입니다.

모든 것은 마음먹기 달렸다 #57

성공과 실패는 능력보다 마음가짐에 달려 있다.

성공하는 사람들은 이미 성취한 것처럼 행동하거나

과정을 즐긴다.

그러면 머지않아 목표가 이루어진다.

윌리엄 제임스

성공하기 위해 꾸준히 노력합시다.

목표를 달성하기 위해 중요한 것은 매일 꾸준히 노력을 하는 것입니다.

한 번에 크게 할 것이 아니라 조금씩이라도 괜찮습니다.

때문에 꾸준히 매일 계속하는 것이 포인트입니다.

성공은 꽃을 기르는 것과 같습니다.

꽃을 기르려면 매일 꾸준히 물을 주는 노력이 필요합니다.

한 톨의 씨앗에서 꽃을 피우기까지, 매일 꾸준한 물이 필요합니다.

물을 주지 않으면 물론 꽃은 시들어 있습니다.

그렇다고는 해도, 한 번에 대량의 물을 주면 좋다고 하는 것이 아닙니다.

물을 너무 많이 줘도, 반대로 꽃은 잘 자라지 않습니다.

너무 많지 않고 너무 적지 않고, 적당한 양의 물이 꽃을 성장시켜 줍니다.

긴 시간을 들여 키워갑니다.

당연한 일이지만, 이것이 성공하기 위해 중요한 일입니다.

바로 매일 꾸준히 노력해가는 것.

이것이 성공하기 위해 당연하면서도 중요한 일입니다.

자기를
이기는 자 #58

남을 아는 사람은 지혜 있는 자이지만
자기를 아는 사람이 더욱 현명한 자이다.
남을 이기는 사람은 힘이 있는 자이지만
스스로 자기를 이기는 사람은
더욱 강한 사람이다.

노자

사람이 뛰어난 무언가를 익히는 그 열쇠는
시간의 사용에 있다고 생각합니다.
하지만 난 바빠서 시간이 없다.
아주 무언가를 할 시간의 여유는 없다.
확실히 그런 사람은 많다고 생각합니다.
단지 시간의 여유가 있으면 뭔가 의미 있는 일의 진행도 하고
계획도 세워보지만 제대로 된 시간활용을 하지 못하는 게 현실입니다.
시간이 있으면 마음에 방심을 할 수 있어 진지함이 나오지 않기 때문이지요.
마감이 강요하지 않으면 원고를 쓸 수 없다는 것은 잘 듣는 얘기입니다.
결국 유효하게 쓸 수 있는 사용 시간은 마음의 동기,
충실감 속에 있다고 말할 수 있습니다.
오히려 시간을 사용하는 요령은 작은 시간을 살리는 데 있을 듯합니다.
시간을 얼마나 사용했는지가 아니라 얼마나 많은 시간을
집중할 수 있었는지에 가치가 있습니다.
아무렇지도 않게 시간을 보내는 것보다 충실한 20분으로
더 가치가 있다는 것을 알 필요가 있습니다.
이 20분으로 매우 좋은 책을 읽었다거나
잠깐 동안 매우 기뻤다는 행복한 기분은 좋은 것입니다.
즉 하루 중 10분이라든지 20분 등의 작은 시간을 살리는 것이
중요하다는 것을 깨닫습니다.

강한 삶 #59

무엇을 접고 싶다면 반드시 먼저 그것을 펴주어라.
무엇을 약하게 하고 싶다면 반드시 먼저 강하게 하라.
무엇을 빼앗고 싶다면 먼저 그것을 주어라.
이것을 미명이라 한다.
부드러운 것이 굳어 단단한 것을 이기고
약한 것이 강한 것을 이긴다.

노자 도덕경

나이가 먹을수록, 혼이 날 횟수는 적어집니다.

세월이 지나감에 따라 혼이 날 것이 적어집니다.

어린 시절 꾸중을 많이 들었는데

나이를 먹으면 혼날 횟수가 갑자기 격감합니다.

배우는 입장에서 가르치는 입장이 되어 버리기 때문입니다.

그러나 나이가 들면 전혀 실수를 하지 않는다는 것은 아닙니다.

나이를 먹어도 실수를 할 경우는 많이 있을 것입니다.

혼이 난 경험은 매우 소중합니다.

어릴 때 혼날 뿐만 아니라 나이 먹어도 혼나는 것이 더 중요합니다.

나이를 먹어서, 꾸중을 듣고 싶어도 꾸중이 없습니다.

시치미 떼는 어른들은 법규를 위반하거나 큰 사고를 일으켜서 체포됩니다.

그러한 예는 언론에서 매일같이 보도되고 있습니다.

평소 책망하는 사람은 그런 실수를 하지 않습니다.

오늘 실수로 인해 혼남에 감사합시다.

꾸중을 듣는 환경에 있기 때문에 올바른 길이 열립니다.

인생사
새옹지마 #60

사는 것이 힘들다고 낙망하지 마라.
어깨에 짊어진 무거운 짐이 스스로의 사명을 완수하도록 강요한다.
이 짐에서 벗어나는 길은 자기의 사명을 완수하는 길뿐이다.
당신에게 맡겨진 일에 책임을 다했을 때
무거운 짐에서
벗어날 수 있다.

에머슨

열정을 가지면서 행동할 때, 시간의 가치는 높아집니다.

열정이 있을 때에 행동하는 것입니다.

열정은 스타트 신호입니다.

열정은 무엇이든 팔팔 끓게 만드는 뜨거운 에너지입니다

돈, 시간, 타이밍 등 조건이 나빠도 좋습니다.

조건 행동은 열정이 있으면, 어떻게든 됩니다.

열정은 파워입니다.

파괴력이 있습니다.

열정이 있으면 모든 걸 헤쳐 나갈 수 있습니다.

집중과 끈기가 눈에 띄게 나오게 됩니다.

두꺼운 벽을 깰 수 있습니다.

사람을 설득할 수 있습니다.

열정이 있으면 모든 행동을 잘 진행하는 힘이 있습니다.

성공하는 사람은 항상 열정이 있습니다.

성공했기 때문에 열의가 있는 것이 아니라

열정이 있기 때문에 성공한 것입니다.

성공으로부터 열의를 받는 것으로, 당신도 성공으로 접근합시다.

시련
극복 #61

시련에 굴복하지 않는 자에게 은혜가 있으라.
신은 모든 사람을 단련시킨다.
어떤 자는 재물로
어떤 자는 빈곤으로
재물이 있는 자에게는 그 재물이 필요로 하는 자에게
인색하지 않는가를.
가난한 자에게는 순수하고 불평 없이 스스로
고뇌의 운명을 견디고 있는가를.

탈무드

"그때 했으면 좋았을걸." 하면서 과거의 것을 끌어내 자신을 비난합니다.

또 지난 내용은 지나간 어떤 것과도 바꿀 수 없습니다.

그럼 어떻게 하면 좋을까요.

그것은 "과거는 잊고 오늘을 열심히 살자."입니다.

즉 지금 바뀌지 않으면 시간이 지나도 자신을 바꿀 수 없습니다.

당연히 이전의 생활 방법에 의해, 인과응보의 법칙이 적용됩니다.

그것이 반드시 자신에게 되돌아옵니다.

"그때 했었더라면 좋았을 텐데……."

"그때 저걸 해놓았으면 좋았을 텐데!"

당신이라면 어느 쪽이 좋습니까?

자신감이 없다는 것은 자신에게 의심을 가지고

자신을 컨트롤하는 것을 포기하게

되는 것입니다.

시간의
의미 #62

인생의 절반은 잠이다.
10년은 어린 시절로 써버리고
20년은 늙어서 잃어버린다.
남아 있는 20년마저도 울고, 불평하고, 아파하고, 화를 내는 데
많은 시간을 허비하고 수백 가지의 병고로
더 많은 시간을 낭비한다.

붓다

인생길을 잘 걸어가고 있다고 생각하는 사람은 행복한 사람입니다.

행복한 사람은 자신의 인생에 낭비는 없다고 생각합니다.

지금의 자신이 존재하고 있다는 놀라운 사실은

과거의 생각과 행동에 기인한 것입니다.

성공뿐만 아니라

실패가 있었음에 지금의 좋은 자신이 이루어지고 있는 것입니다.

그러므로 과거는 모두 낭비는 아닙니다.

모든 실패는 시간낭비가 아니라

지금 당신이 생활하는 데 있어서 도움이 되고 있습니다.

실패 때문에 다음에는 조심하자라고 생각합니다.

과거에 실패한 덕분에 지금의 강한 당신이 있습니다.

과거에 시간낭비가 없었다면 주의합시다.

실패할 경우에는

'좋은 경험을 할 수 있어서 고맙습니다.'라고 크게 소리칩시다.

반드시 소리 낸다는 것이 포인트입니다.

생각만으로는 안 됩니다.

소리를 내면 패기가 나옵니다.

자신감이 커집니다.

그 말이 정말 놀라운 현실이 됩니다.

내 영혼의 깨달음 #63

인간은 강한 존재이다.
자기 영혼의 힘을 알고
그리고 자기 이 외에서 힘을 얻고자 할 때에는
힘을 잃은 것이라고 깨닫는 자는
바른 길을 걷고 있으며 또 기적을 일으킬 수 있는 사람이다.
그는 자기의 발로 서고 땅에 넘어지는 일이 없는 인간이다.

에머슨

사람이 살 수 없게 될 때는 언제입니까?

사람이 살아가는 데 있어서 중요한 것은 역시 체력입니다.

체력이 없어지면 나약해집니다.

체력이 있기 때문에 일상 활동을 할 수 있습니다.

현대 사회에서 체력이 떨어지는 상황은 거의 없습니다.

도구로 무거운 물건을 옮길 수도 있습니다.

인터넷 때문에 몸을 움직이지 않아도 쇼핑할 수 있습니다.

뛰어난 도구의 힘이 있는 덕분에 체력이 없어도

대부분의 것들을 해결할 수 있습니다.

오히려 배려해 주었으면 하는 게 정신입니다.

이제 정신병을 앓는 사람이 증가하고 있습니다.

일에는 스피드가 요구되어 이전보다 스트레스가 증가하고 있습니다.

속도를 요구하기 때문에 여유도 없어져,

스트레스 해소도 부족한 상태입니다.

삶의 희망을 잃고 스트레스가 쌓이면

체력이 있어도 부자연스러운 행동을 하게 됩니다.

사람은 마음이 죽었을 때 살아갈 수 없게 됩니다.

너 자신을 알라 #64

욕심이 많은 사람들은 고뇌 또한 많아지며
욕심이 적은 사람들은 모두 근심 없느니라.
그러므로 비록 작은 욕심이라 할지라도
지족(知足)하여 잘 닦으면 일체 고뇌 소멸되고
능히 모든 선한 공덕 한량없이 나누리라.
만족함을 모르는 자 부하여도 가난하며
만족함을 아는 자는 가난해도 부하니라.
지족함이 없는 데서 있는 것도 없어지고
지족함이 있는 데는 이락(利樂)이 점점 더하니라.

유교경

우리가 무언가 목표를 달성하기 위해 열심히 했는데

그것이 원하는 대로 되지 않고 실패로 끝났을 때 무척 실망합니다.

특히 젊은 시절의 인생 앞에서의 좌절은

마음 깊이 상처로 남을 수 있습니다.

때로는 그 좌절이 그 사람의 인생에 있어

상당히 긴 세월 동안 영향을 줄 수 있습니다.

이 좌절감은 자신이 얻고 싶은 것을 얻었다면

인생이 장밋빛이 될 것이라 생각했는데,

만약 실패했을 때 인생의 패배자가 되는 것은 아닐까 하고

마음을 무겁게 짓누르기도 합니다.

인생에서 일에 실패하거나 생활에서 실패하거나

다른 것으로 속상할 수 있습니다.

하지만 어떤 이들은 자신 속 또 다른 자아를

만들기 위한 과정으로 생각하기도 합니다.

마음속 평화 #65

물은 물결이 일지 않으면 스스로 고요하고
거울은 흐리지 않으면 스스로 맑다.
마음도 이와 같아서 흐린 것을 버리면
맑음이 저절로 나타날 것이요
즐거움도 구태여 찾지 말 것이니
괴로움을 버리면 즐거움이 저절로 있을 것이다.

채근담

인생에는 산과 계곡이 있어서 재미있습니다.

재미는 뭐니 뭐니 해도 산과 계곡입니다.

이런 산과 계곡 부근의 인생은 약간은 힘들지만

이것이 인생의 가장 흥미로운 부분입니다.

즐거운 일도 괴로운 일도 산과 계곡 부근의 인생이지만

그러한 어려움이 지금의 나를 만듭니다.

경험할 때는 어려움이 있어도 즐겁다고 생각합시다.

그러나 나중에 다시 생각해 보면 매우 행복한 시간이었다는 것을

알 수 있습니다.

오히려 고통스러운 경험을 하면 할수록,

작고 사소한 행복에도 큰 느낌이 있습니다.

인생의 산과 골짜기, 어느 쪽이 좋은 것이 없습니다.

모두가 중요합니다.

모두가 있어 처음으로 행복한 삶이 완성되어 갑니다.

산과 계곡 부근의 인생을 즐겨보세요.

단 한 번밖에 없는 인생을 즐기기 위해서는

높은 봉우리와 계곡을 경험하고 극복해 나가는 것이 중요합니다.

마지막 후퇴 #66

우물쭈물하다
내 이럴 줄 알았다.

조지 버나드쇼의 묘비명

절망했을 때, 운전을 기억합시다.

헤드라이트를 켜면, 앞으로 나아갈 수 있습니다.

자동차를 보면 인생을 배울 수 있습니다.

운전 중, 저녁이 되어 밖이 어두워지면 헤드라이트를 켭니다.

어두운 가운데, 자동차는 앞이 잘 보이지 않습니다.

사고를 일으켜 버립니다.

헤드라이트를 켜는 것만으로, 앞이 보여 안전 운전이 가능합니다.

절망했을 때도 동일합니다.

희망의 불이나 희망의 빛도 없이 깜깜한 상태입니다.

절망하고 있기 때문이라고 해도, 어두운 생각만 하는 것은 좋지 않습니다.

앞이 보이지 않는 자동차와 같습니다.

암흑의 상태는 앞이 보이지 않기 때문에 사고를 일으키기 쉬워집니다.

절망했을 때 더욱 밝은 것을 생각합시다.

밝은 것을 생각하는 것은 차의 헤드라이트와 동일합니다.

전방을 밝게 비추는 것만으로, 앞이 보여서 장애물을 피할 수 있습니다.

밖은 어두워도, 헤드라이트의 빛에 의지하여 앞으로 진행할 수 있습니다.

절망 속에서도 어두움 속에서도 등대를 향해 앞으로 나아갈 수 있습니다.

천천히, 조금씩이라도 좋습니다.

절망의 돌파구입니다.

자, 밝은 생각으로 전방을 향하여 밝게 비추어 봅시다.

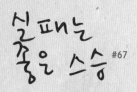

실패는
좋은 스승 #67

인생은 학교다.
그리고 실패는
성공보다 더 좋은 스승이다.

그라 나츠이

선택과 집중은 성공을 위한 키워드입니다.

지금 성공한 사람들은 반드시

선택과 집중을 해서 일류까지 오른 사람입니다.

CEO뿐만 아니라, 예술가, 스포츠 선수 등 모두 공통사항입니다.

선택을 할 수 없다는 것은 집중이 없기 때문입니다.

집중 없이는 힘을 붙일 수 없습니다.

현명한 사람은 자신이 좋아하는 일을 합니다.

선택했다면, 그곳에만 집중합니다.

인생을 통째로 바쳐 버릴 정도의 집중입니다.

하나의 것에 대해,

인생을 바칠 만큼 집중하면 누구나 성공할 수 있습니다.

단지 대부분의 사람들은 집중하지 못했기 때문입니다.

집중이 되어 있지 않은 것은 선택되어 있지 않기 때문입니다.

가장 좋아하는 것인가 하고 규명하지 않았기 때문입니다.

자신이 좋아하는 것을 발견했을 때 처음 선택을 할 수 있게 됩니다.

새로운
변화 #68

변화란 가능한 것이며
당연히 일어나는 일일 뿐만 아니라
변화를 거부한다면 그 자신에게 강요된
무기력한 삶에 공범자가 되는 것이다.

게일쉬이

아무것도 하고 싶지 않습니다. 좀처럼 피로가 풀리지 않습니다.

싫은 일이 있습니다.

그래도 어떻게든 노력해 책임감 있게

노력하려고 열심히 기합을 넣고 움직이려고 합니다.

그럴 때는, 잠깐! 자신에게 물어보십시오.

진정한 마음의 소리에 귀를 기울여주십시오.

지금 어떻게 하고 싶은가?

힘들다.

그럼, 조금 휴식하자.

자신에게 물어, '사실은 지금 어떻게 하고 싶은가?' 자신과 이야기해 봅시다.

자신의 마음의 소리를 소중히 들어주십시오.

그리고 지금 하고 싶은 일을 합시다.

좋아하는 것은 마음의 큰 영양제입니다.

지금 뭔가 좋아하는 것이 있습니까?

좋아하는 장난감 모으기도 좋고

스포츠나 영화, 또는 여행이든 뭐든 상관없습니다.

생각만 해도 마음이 기분이 들뜨는 것을 가지고 있습니까?

무엇에도 흥미가 나지 않는다.

이럴 때는, 옛날 좋아했던 것을 기억하고 자신의 마음에 영양을 줍시다.

좋아하는 것은 당신의 마음을 지원하여 줍니다.

무언가 하고 싶다.

그렇게 생각하니 그 마음을 소중히 하고 행동을 취하십시오.

작심삼일로 끝나도 상관없습니다.

자신이 좋아하는 것을 삼 일 동안 즐겼으니 그것은 멋진 추억입니다.

정말 마음이 침울하고 원하는 것이 아무것도 없어져 버리면

그전에 자신이 좋아하는 것을 생각해 행동합시다.

마인드
컨트롤 #69

인간에게 고유한 마인드 컨트롤 능력을
어떻게 이용하는가에 따라
활기찬 인생을 맞이할 수도 있고
생기 없는 인생을 맞이할 수도 있다.

베티 프리단

벼랑 끝에서 꿈도 희망도 없는 사람이 있었습니다.

돈도 없어지고, 가족도 없어져서 살아 있는 의미를 느끼지 못했습니다.

빌딩에서 뛰어 내리려고 자살을 결심하고 빌딩 옥상에 섰습니다.

'안녕! 이제 모든 게 끝났어.'

자살하려고 할 때 문득 뜻밖의 생각이 떠올랐습니다.

어차피 죽을 목숨 죽을 만큼 일해 보면 어떨까 하는 생각이었습니다.

'죽을 생각이면 뭐든지 할 수 있을 것이다. 죽는 것은 그때 해도 늦지 않다.'

진심으로 그런 생각이 드는 순간 세상에서 무서운 것이 없어졌습니다.

'이제는 뭐든지 할 수 있다.'고 생각했습니다.

죽도록 일하는 과로사도 두렵지 않았습니다.

용기가 없어서 하지 못했던 것.

부끄러워서 하지 못했던 것.

건강을 걱정해서, 최선을 다해 열심히 할 수 없었던 것.

지금까지 할 수 없었던 것도 죽을 생각이면 할 수 있었습니다.

그 사람은 죽도록 일한 결과, 크게 사업에 성공했습니다.

기사회생의 기회를 노리고 죽도록 일한 결과였습니다.

마지막입니다.

마지막으로, 다시 두 주먹 불끈 쥐고 기사회생을 노립시다.

재기에 성공합시다.

당신은 할 수 있습니다.

마음의 밝기 #70

자신의 맑은 가슴속에 빛을 지니고 있는 이는
세상 한가운데서 밝은 대낮을 즐기리라.
그러나 어두운 영혼을 감추고 있는 자는
그 자신이 자신의 감옥이로다.

존 밀턴

에디슨이 백열전구를 발명하기까지는

1,200번 이상 실패를 반복했습니다.

1,200번 이상 실패하면서 포기하지 않고 계속된 것은

반드시 해낼 것이라는 의지가 강했기 때문입니다.

결국 에디슨은 백열전구에 적합한 필라멘트를 발견하고

세계에 밝은 태양을 제공합니다.

포기하지 않는 힘의 토대는 의지의 힘입니다.

의지가 강함으로써, 인내, 용기, 집중력 등이 생깁니다.

산길을 시각화해 봅시다.

나무와 풀이 무성한 산은 처음부터 길이 있는 것은 아닙니다.

도로가 왜 있는 것인가.

길은 사람의 강한 의지표현입니다.

누군가가 추진하고 싶다고 생각하고, 풀을 베어 길을 만들었기 때문입니다.

개척된 새로운 도로를 따라 후세 사람들은 그 이익을 누릴 수 있습니다.

인생도 처음부터 길이 있는 것은 아닙니다.

인생은 개척하는 것입니다.

중요한 것은 얼마나 진실하게 최선을 다하는가 하는 의지의 힘입니다.

진심이 있으면 자연히 의지, 끈기, 집중력도 나옵니다.

의지가 강하면 반드시 길은 열립니다.

변화의 길 #71

마음의 길을 따라 걸어가라.
그 길은 빛이 쏟아지는 통로처럼
걸음마다 변화하는 세계
그곳을 여행할 때 그대는 변화하리.

루미

당신은 지금 세상에서 가장 행복하다고 생각합니까?

원래 행복은 비교하지는 않습니다.

행복은 자신의 마음이 느낄 것입니다.

행복의 기준은 사람마다 다르기 때문에,

행복의 사고방식도 사람마다 다릅니다.

누가 결정하는가 하면 자신입니다.

마음이 느끼는 것이기 때문에, 자신의 사고방식이 가장 중요합니다.

의식주에 만족하고 있다고 생각하면 행복합니다.

돈, 건강, 명예는 당신이 충분하다고 생각하면 그렇게 됩니다.

행복은 자신의 마음으로 정해집니다.

자신의 사고방식은 자신이 컨트롤합니다.

거짓말이라도 좋으니까

당신은 세상에서 가장 행복한 사람이라고 생각합시다.

'나는 세상에서 가장 행복한 인간이다.'라고 진심으로 생각한 순간

정말 지금 세상에서 가장 행복할 수 있습니다.

그것뿐입니다.

나는 지금 세상에서 가장 행복합니다.

성장과 변화 #72

성장과 변화는 모든 생명의 법칙이다.
어제의 답안을 오늘의 문제에 적용해서는 안 되고
오늘의 방법으로는 내일의 요구를 만족시킬 수 없다.

루스벨트

즐겁게 즐기는 사람이 성공합니다.

사람은 누구나 역시 즐겁게 살고 싶은 소망이 있습니다.

즐겁지 않은 인생보다 즐거운 인생이 더 좋습니다.

그러나 인생에서 즐긴다고 하는 것에는 두 가지가 있습니다.

단지 자신만이 즐기는 사람

즐겁게 즐기는 사람

이 두 가지로 나누어져 있습니다.

마지막으로 꿈을 실현할 수 사람은 즐겁게 즐기는 사람입니다.

물론 자신이 즐기는 것은 중요한 일입니다.

그러나 학습, 놀이와 학습으로 자신을 충분히 즐겼다면

이번에는 자신이 즐길 차례입니다.

지금까지 체험해서 얻은 지식과 지혜, 경험에서

즐겁게 즐기면 좋습니다.

모두도 즐겁고 나도 즐거운 좋은 일일 뿐입니다.

꿈을 이루기 위해서는 즐겁게 즐기기만 하면 됩니다.

꿈을 현실로 #73

생각한 것을 즉시 행동으로 옮겨라.
그러면 꿈이 현실이 될 것이다.

에드워드 L. 크레이머

소중한 삶 중 하나는 자신과의 대화가 있습니다.

자신과의 대화는 자신의 행동과 생각에 대해

자문자답하는 것을 말합니다.

지금까지 자신의 인생을 돌이켜 반성을 한 적이 한 번도

없다고 하는 사람도 있을 수 있습니다.

하지만 자신이 발전하고 개선하기 위해서는

자신과의 대화는 빠뜨릴 수 없습니다.

현재 자신이 처해 있는 환경은 과거의 결과이기 때문입니다.

우리의 인생은 과거의 사건으로부터

오는 생각에 강하게 영향을 받고 있습니다.

마음의 상처 등은 아직도 우리의 행동을 지배합니다.

그 마음 상처의 지배로부터 해방되기 위해서는 그것이 자신에게

어떤 영향을 주는지 깨달아야 합니다.

따라서 자신의 내면 의식을 향해 자신과 대화를 할 수 있어야 합니다.

자신과 대화를 한다는 것은 객관적으로 자신의 마음을 바라보며

드러나지 않은 의식과 숨겨진 본심을 파악하는 것입니다.

이것이 삶을 새롭게 해 나가는 길입니다.

또한 과거의 마음 작용과 행동을 바라봄으로써 인생과 삶을

생각하고 더 깊은 세계로 들어가기 위해서는 자신과의 대화가 필요합니다.

자신이 생각하고, 의식하고 있는 단계별로 점차적으로 깊어져

더 높은 의식에 들어가야 합니다.

이것이 사람의 진보 향상에 필수적입니다.

part 04

산다는
것은

복은 청렴과 검소함에서 생기고
덕은 자기를 낮추고 물러서는 데서 생기며
도는 안정에서 생기고
생명은 화창함에서 생긴다.
근심은 욕심이 많음에서 생기고
재앙은 탐욕이 많은 데서 생기며
과실은 경솔하고 교만한 데서 생기고
죄악은 어렵지 못한 데서 생긴다.

인생의 정답 #74

아무리 구름 속을 들여다봐도 거기에는 인생이 없다.

반듯하게 서서 자기 주위를 자세히 보라!

우리가 선택한 것을 우리는 실천할 수 있다.

내 길을 걸어 나가는 데에 인생이 있다.

그렇게 앞으로 나아가는 동안에는 고통도 있으리라!

행복도 있으리라!

어떠한 경우에도 인생에는 완전한

만족이란 없다.

괴테

그때의 고통스러운 경험이 있기에, 오늘의 당신이 있습니다.

그때의 고민과 경험이 오늘 당신을 만들었습니다.

모든 사건은 자신에게 도움이 됩니다.

힘든 일도, 괴로운 일도 모두가 당신에게 플러스입니다.

인생에 쓸모없는 경험은 하나도 없습니다.

인생에 불필요한 만남은 하나도 없습니다.

지금 이 순간도 헛되지 않은 인생을 걷고 있는 것입니다.

실패를 두려워하지 않고 행동하면 좋습니다.

실패라는 보물을 손에 넣을 수 있습니다.

실패에서 귀중한 경험을 얻을 수 있습니다.

모든 것이 당신에게 플러스가 됩니다.

어떤 플러스가 있는지는 행동하고 나서 당연히 따라오는 즐거움입니다.

당신이 걷는 길의 끝에는 많은 보물 상자가 줄지어 있습니다.

무엇이 들어 있는지는 앞으로 나아가지 않으면 모릅니다.

먼저 행동합시다.

앞으로 나갑시다.

그러면 보물 상자를 열 수 있는 뭔가를 손에 넣을 수 있습니다.

그래서 인생은 좋은 것입니다.

일하는 즐거움 #75

사람은 일하기 위해서 이 세상에 태어난 것이다.
단지 명상하고 느끼고 꿈꾸기 위해
이 세상에 태어난 것은 아니다.
모든 사람은 그의 능력에 따라 자기가
하고 싶은 일을 할 때 가장 빛난다.
일만 하고 휴식을 모르는 사람은 브레이크 없는
자동차와 같이 위험하기 짝이 없다.
그러나 쉴 줄만 알고 일할 줄 모른 사람은
모터가 없는 자동차와 마찬가지로 아무 쓸모가 없다.

헨리포드

당신의 인생은 항상 위로 치솟는 나무입니다 .

단점에 신경 쓰는 사람은 자신의 나쁜 곳만을 보고 있습니다.

전체를 봤을 때 전부 부정적으로 생각하고 있습니다.

나쁜 것만 생각하면, 자신의 인생은 비극처럼 슬퍼집니다.

자신의 인생에 좋은 영향을 끼칠 리 없습니다.

인생은 항상 좋은 것만 있는 것은 아닙니다.

산책을 할 때 걸음걸이가 어떤 모양새이든 좋습니다.

삶의 발자국 하나하나 남기며 걸어갑시다.

걷기는 전진하는 것입니다.

살아 있는 것은 전진하고 있는 것을 알 수 있습니다.

모든 게 진화입니다.

많은 사람과 만나 많은 이야기를 하고 많은 것을 할 때 모두 성장입니다.

사람과의 만남, 이별도 실연도, 일의 성공도 실패도

인생의 이른바 신진대사입니다.

항상 당신은 성장하고 있습니다.

나는
내가
만드는 것 #76

사람들은 항상 자신의 초라한 모습을 환경 탓으로 돌린다.
나는 환경 따위를 믿지 않는다.
각 분야에서 성공한 사람들은
일어서서 그들이 원하는 환경을 찾고
찾을 수 없다면 그러한 환경을 스스로 만든 사람들이다.

조지 버나드쇼

부를 얻는 것을 인생의 목표로 하고 있는 사람이 많습니다.

삶을 풍요롭게 해주는 건강, 아름다움, 재능, 자식, 지혜,

가족, 예술, 풍경, 대인 관계 등등 무수히 많이 있고

이들이 곧 풍요로움입니다.

돈에 집착하면 다른 풍요로움에 마음이 내키지 않고

오히려 삶의 진정한 풍요로움을 놓치고 맙니다.

사람에게는 각각의 재능과 돈을 버는 것을 잘하는 사람은

그 방면에서 재능이 있는 것이며 사람에 따라서는 돈벌이의 재능보다

자연의 아름다움을 기분 좋게 맛볼 수 있는

풍부한 재능이 있는 사람도 있습니다.

자신에게 향하고 있는 재능을 살리고 심혈을 기울인 것이

훨씬 삶을 풍요롭게 하는 것이며

그것은 그 사람의 재산이라고 생각합니다.

부에 대한 목표가 지나쳐 집착은 인생을 마이너스 나게끔 합니다.

결국 부와 마음의 풍요로움은 종합적인 것이기 때문에

지금의 풍요로움에 마음의 문을 열고 자신이 가진 재능을

닦고 그것을 누릴 수 있는 풍요의 자기실현을 하는 것도 좋다고 생각합니다.

마음
비우기 #77

내 뜻대로 안 되는 일이 있더라도 그것을 괴롭게 생각하지 마라!
또 모든 일이 내 뜻대로 잘 되어간다 하더라도 너무 좋아할 것도 없다.
오늘은 실패했지만 내일은 좋은 열매를 거둘 수 있는 것이다.
일이 순조로웠을 때일수록 마음을 여미고 앞일에 대비하지 않으면
뜻하지 않은 고배를 마시게 된다.

채근담

아무리 까다로운 일도 백 번 이백 번 반복하면 쉬워집니다.

처음에는 까다로운 일일 수 있습니다.

원래 뭐든지 처음에는 까다롭게 느껴집니다.

단계가 어려운 일을 진행할 때 처음에는 허둥지둥합니다.

허둥지둥하는 것은 머리로 생각하고 있기 때문입니다.

머리로 생각하면 어색한 움직임은 원활하게 될 수 없습니다.

서투른 의식이 있으면, 무심코 피해 버리기 십상입니다.

피하고 있는 한, 시간이 지나도 원활하게 일할 수 없습니다.

더 간단하게 생각합시다.

어렵다, 까다롭다는 서투른 의식은 일단 내려놓습니다.

연습과 실패를 많이 할 생각으로, 담담하게 반복합시다.

사람은 하면 할수록 익숙해집니다.

아무리 까다로운 일도 백 번 이백 번 반복하면 익숙해집니다.

백 번 행하면, 일의 진행 방식이 머리가 아니라 몸에 스며듭니다.

몸이 마음대로 움직이게 됩니다.

그리고 더 나아가 빨리 정확하게 해낼 수 있게 됩니다.

운동의 노력으로 반복하면 잘못은 있어도 침체는 없습니다.

연습, 연습, 또 연습입니다.

일의 질과 양입니다.

많은 양을 해내면 필연적으로 잘할 수 있습니다.

하늘의 뜻 #78

하늘에서 사람에게 큰일을 맡길 때에는
반드시 먼저 그들의 마음을 괴롭히고
몸을 수고롭게 하고
또한 생활을 궁핍하게 하여
일마다 어긋나고 틀어지게 만든다.

이것은 그들의 마음을 움직여서
인내심을 기르게 하고
어려운 일을 더 많이 해낼 수 있는
능력을 길러주기 위해서이다.

맹자

밝은 성격이 되기 위해서는 밝은 생각이 필요합니다.

성격이 밝은 사람은 인생을 행복하게 살 수 있습니다.

성격이 밝으면 즐겁고, 친구도 늘고 좋은 일이 늘어납니다.

반대로 성격이 어둡고 고민하고 있는 사람이 있습니다.

자신에게 상처받은 과거가 있고, 친구도 없고

삶을 포기한 것처럼 어두운 사람이 있습니다.

환경을 타고난 덕분에 성격도 어느새 밝아지고 있는 것입니다.

자신이 태어난 환경이 좋지 않아도 포기하지 않습니다.

자신을 개선시키려는 노력을 해 나가면

반드시 자신의 성격이 조금씩 바뀝니다.

모든 대답은 생각입니다.

사람은 살아가는 과정에서 모르는 사이에 사고방식을 형성합니다.

많은 사람과의 만남이나 사건.

성공과 실패로 인해 어느새 생각을 몸에 익혀갑니다.

적어도 생각을 바꾸어 가면, 당신도 변화할 수 있는 것입니다.

성격이 밝은 사람은 밝은 생각을 하고 있습니다.

성격이 어두운 사람은 어두운 생각을 하고 있습니다.

성격의 밝기는 생각하기 나름입니다.

지금까지의 사고방식을 확 바꿉시다.

의도적으로 밝은 생각을 하면 인생도 밝아집니다.

역경은
소중한
친구 #79

역경은 소중한 친구다.
역경은 편안한 둥지에서 벗어나
스스로 나는 법을 배우게 한다.

앨런 코헨

지금 당신은 과거의 당신의 결과입니다.

지금의 반복이 미래를 만듭니다.

지금 당신은 즉 결과입니다.

지금까지의 행동과 경험을 과거에 반복하여

그 결과 지금 당신이 있는 것입니다.

어느 날 갑자기 지금의 당신이 존재하지는 않습니다.

과거의 당신이 쌓아올린 결과라는 것입니다.

지금의 내가 있는 것은 과거의 내가 있었기 때문입니다.

과거에 내가 무엇을 하고 있었는지를

지금 내가 무엇을 하고 있는지에 계속 이어지고 있는 것입니다.

또 지금의 내 축적이 이번에는 미래의 나에게 이어진다는 것입니다.

또한 지금 3년 후의 미래로 비행할 수 없습니다.

지금 당신이 직접 노력하고자 하는 것은 항상 지금밖에 없습니다.

지금 당신은 무엇을 하고 있습니까?

1년 전에 당신이 하고 있던 것은, 지금의 당신에게 연결되는 것입니다.

지금 당신은 과거 당신의 행동이

지금 당신이 하고 있는 것과 맞물려

3년 후의 당신을 만들고 있는 것입니다.

3년 후 당신은 어떻게 되어 있을까요?

지금 당신이 도전한 하루하루가

3년 후 성공한 당신이라는 결과를 낳을 것입니다.

다시
일어나라 #80

중요한 것은 당신이 실패하느냐의 여부가 아니라
그 실패에 머물러 있는가 아닌가이다.
성공과 실패는 우리가 인생에서 얼마나 높이 올라갔느냐가 아니라
우리가 넘어졌을 때
몇 번이나 다시 벌떡 일어섰느냐에 의해 판가름난다.
이때 성공하는 능력이 다시 일어서는 능력이다.

에이브러햄 링컨

행복과 불행은 그 사람이 어떻게 받아들이고
어떻게 대처해 왔는지에 따라 많이 달라지는 것 같습니다.
불행이라는 말은 스스로의 힘으로는 어떻게
하기 어려운 느낌이 들어 기분이 침울해져 버립니다.
불행이라는 말을 곤란하다는 말을 대신 사용하여
각 사건에 대처하는 것이 현명한 것 같은 생각이 듭니다.
요즈음 높은 산에 올라가는 사람들이 늘고 있다고 들었습니다만
높은 산에 오르는 것은 일종의 곤란입니다.
그래도 오르게 됩니다.
낮은 평지의 언덕에 올라가서는 그다지 기쁨은 나오지 않습니다.
장애물 경주도 아무것도 없는 곳을 달리다 보면 어렵습니다.
하지만 장애물이 있는 것이 즐겁습니다.
인생살이에도 어렵다는 장애물이 가끔씩 나타나고는 합니다.
아무런 특색도 없는 평탄한 삶과 다양한 장애물을 극복하며 사는 인생입니다.
어려움은 우리가 무의식적으로 만들어내고 있는
인생의 장치와 같은 생각이 듭니다.
우리에게 내재하는 커다란 힘을 꺼내게 하는 것은
이 어려운 국면입니다.
우리 경험과 함께 성장시켜주는 것도
어려움을 해결하지 않고서는 생각할 수 없습니다.

자신감  #81

스스로를 믿어라.
자신의 능력을 믿어라.
자기 능력에 대한 겸손하면서도 정당한 자신감 없이는
성공도 행복도 이룰 수 없다.

노먼 빈센트 필

이해할 수 없는 것은 미지와의 만남입니다.

새로운 가치관을 배우는 기회입니다.

이해할 수 없는 것은 당신에게 아직 성장이 부족한 것입니다.

견문을 넓히고 싶은 사람은 해외여행을 가고 싶다고 생각합니다.

해외여행은 수많은 미지와의 만남이 있기 때문입니다.

지금까지 만나본 적도 없는 것을 만나 충격을 받습니다.

그 충격이 인간으로서 이해의 그릇을 크게 합니다.

무엇일까?

이해할 수 없다는 경험, 기분 전환도 되고

동시에 이해 그릇도 넓힙니다.

해외여행을 하면 세상의 견해가 바뀌는 것은 그 때문입니다.

이해할 수없는 일이 발생하여 어느새 이해 그릇이 확산됩니다.

이해할 수 없는 것을 찾아보십시오.

그러한 만남을 소중히 하여 성장과 바꿉시다.

이해할 수 없는 것을 이해할 수 있도록 도전과 실패를 반복합니다.

모든 것은 당신의 이해 그릇을 넓히는 기회입니다.

우지갯빛
성공 #82

자신이 꿈꾸는 삶을 살기 위해
스스로의 꿈과 노력이 이끄는 방향으로
자신 있게 나아간다면 평범한 나날 속에
뜻밖의 성공과 조우하게 될 것이다.

헨리 데이비드 소로우

큰일이라고 생각하는 것은 당신이 마음대로

크게 부풀려 생각하고 있기 때문입니다.

실연과 죽음을 비교해 어느 쪽이 큰 문제입니까?

도둑에게 피해를 당하는 것과

죽음을 비교해 어느 쪽이 큰 문제입니까?

대학 입시의 실패와 죽음을 비교해 어느 쪽이 큰 문제입니까?

실패했다고 해도 목숨까지 위태로울 지경은 아닙니다.

현재 당신이 안고 있는 가장 큰 문제를 하나 들려주세요.

큰 문제와 죽음을 비교해보십시오.

어떻습니까.

죽음과 비교하면 큰 문제가 없다고 인식한 것은 아닌가요.

크게 따지면

실제로 큰 문제는 없습니다.

살아 있는 것만으로, 실은 충분한 성공입니다.

결국 모두 작은 것입니다.

지금 당신이 고민하고 있는 것은 죽음에

비하면 정말 보잘것없는 작은 것입니다.

어떤 문제가 있어도 생명이 있으면 해결됩니다.

아직 남아 있는 시간도 기회도 많습니다.

인생이란 #83

추위에 떨어본 사람일수록 태양의 따뜻함을 느낀다.
인생의 고뇌를 겪은 사람일수록 생명의 존귀함을 안다.

월트 휘트먼

모든 부정적인 생각은 긍정적인 생각으로 바꿀 수 있습니다.

의식을 바꾸는 것만으로도 좋습니다.

뜻을 바꾸는 것으로, 행복하게 될 수 있습니다.

의식 개혁을 합시다.

세상도 마찬가지입니다.

만약 세상이 온통 어둠 속이면 세상은 큰일입니다.

세상에 나온 사람은 희망 잃는 인간뿐입니다.

아무것도 할 수 없고 아무것도 노력하지 않는 사람이 되어 버립니다.

모든 부정적인 생각은 긍정적인 생각으로 바꿀 수 있습니다.

생각을 바꿔봅시다.

의식을 조금 바꾸어 버리면 좋습니다.

마이너스를 플러스로 바꾸기 위해, 조금만 주의하면 됩니다.

이것이 의식 개혁입니다.

만약 인생을 다시 산다면 #84

약간의 용기 부족으로 많은 재능이 덧없이 사라진다.
매일 많은 사람들이 두려움 때문에 재능을 펼쳐 보지도 못하고
이름 없이 생을 마감한다.

시드니 스미스

인생은 횡단보도, 좌우를 확인하기 때문에

안전하게 통과할 수 있습니다.

건널 때 먼저 좌우의 확인이 필수입니다.

오른쪽만 확인하면 안 됩니다.

왼쪽에서 차가 오고 있을지도 모릅니다.

왼쪽만 확인해서도 부족합니다.

오른쪽에서 차가 오고 있을지도 모릅니다.

한쪽 방향으로는 충분하지 않습니다.

좌우를 확인하고 횡단보도를

안전하게 건널 수 있습니다.

이것은 인생도 마찬가지입니다.

무언가를 결정하여 진행할 때는 좌우를 잘 확인합시다.

인생은 양면성이 중요합니다.

자기 자신뿐만 아니라 상대방도 생각합니다.

장점만 보는 것이 아니라 단점도 봅니다.

문제가 없는 것을 확인하고 나서, 앞으로 나갑시다.

좌우를 잘 살펴보면, 장애물 인생을 안전하게 통과할 수 있습니다.

세상을 바꾸는 힘, 변화 #85

인생에서 가장 중요한 것은
가치 있는 사람이 되고
인생에서 중요한 것들을 지키고 지지하며
우리의 삶 자체로 인해
세상에 자그마한 변화를 주는 것이다.

레오 로스텐

당신은 절망을 경험하고 있는 것은 아닙니다.

절망을 망상하고 있을 뿐입니다.

자신은 희망도 기대도 가능성도 전혀 없다고 믿습니까?

방 안에서 나쁜 망상만을 부풀려

내 인생은 끝났다라고 생각합니까?

마음대로 스스로 자신을 다치게 하지나 않습니까?

모두 다 잘못된 생각입니다.

정말 인생이 끝나 있다면 이미 죽어 있습니다.

진짜 절망은 죽음입니다.

생명이 있는 한, 아직 인생은 끝나지 않습니다.

물론 희망도 기대도 가능성도 있습니다.

어차피 생각한다면 나쁜 것이 아니라

밝은 것을 생각합시다.

무엇을 해야 하나……

대신 아직 늦지 않았다고 생각합시다.

점점 인생이 호전되고 기대되고

설렘으로 행동합시다.

몸이 쑤시기 시작하면 그 기세로 바로 행동개시입니다.

인생의 빛 #86

나의 가치는 내가 선택한 것이다.
매일 매일 내가 선택하고 생각하고
행동한 내용에 따라 나의 가치가 형성된다.
나의 성실성은 곧 나의 운명이며
나에게 길을 안내해주는 빛이다.

헤라클레이토스

발명왕 에디슨은 많은 실패라는

역경을 발명으로 완성해 갔습니다.

비행기를 만든 라이트 형제도 하늘을 나는 것은

정말 하느님이 하는 것이라는

여론에 굴하지 않고 역경을 극복해 비행기를 완성시켰습니다.

역경은 포기하기 위해 있는 것은 아닙니다.

역경은 극복하기 위해 있는 것입니다.

나도 꿈이 있습니다.

행복이라는 꿈입니다.

꿈을 표적으로 매일 꿈을 향해 걷고 있습니다.

그것은 여행입니다.

평생을 통한 홀로 여행입니다.

중간에 역풍이 불어옵니다.

역경입니다.

돈, 학교, 회사, 건강, 자신감 상실, 이별

콤플렉스, 환경변화 등등 여러 역경이 있습니다.

그런 역경에서 포기해 버릴 것입니다.

실패자는 역경을 포기합니다.

성공한 사람은 역경을 극복합니다.

역경은 포기하는 데에서 있는 것이 아니라

극복하는 데에 있는 것입니다.

인내

백옥은 진흙 속에 던져도
그 빛을 더럽힐 수 없고
군자는 혼탁한 곳에 가더라도
그 마음을 어지럽히지 않는다.
눈 덮인 소나무가 추위와 무게를 참고 견디듯
어질고 슬기로운 사람은
어떤 어려움도 스스로 이겨낸다.

명심보감

강한 사람, 머리가 좋은 사람만 살아남는 게 아닙니다.

변화하는 것이 생존하는 것입니다.

지구상에는 수많은 생명체들이 있습니다.

바닷속 물고기들.

육지 위의 포유류들.

하늘을 나는 새들.

지구의 역사 속에서 육상, 수중, 공중 등 다양한 변화를 이루었습니다.

그 큰 변화 속에서 살아남기 위해 변화에 적응하고 생존해온 결과입니다.

'환경의 변화에 따라 여러 종류가 태어난다.'

변화하는 것이 살아남는 것입니다.

살아남은 것이 강한 것입니다.

변화가 없거나 변화에 늦는 것은 결국 사라집니다.

변화하는 환경 속에서 살아남을 수 있도록 신속하게 변화를 거듭한 결과

생물체가 존재하고

우리는 이런 살아 있는 생명체들로부터 배울 점이 많습니다.

옛날에 공룡은 살아 있었지만 지금은 멸종했습니다.

반대로, 약한 작은 동물이나 미생물들은 급속한 지구 환경의

변화에 재빨리 대응하고 살아남을 수 있었습니다.

정말 강한 것은 없습니다.

변화만이 살길입니다.

가장
좋아하는
일을 하라 #88

가장 좋아하는 일을 하라.
그리고 그 일을 통해 다른 사람들을 즐겁게 하라.
그러면 당신은 행복하게 되고 당신이 행복하면 세상은
행복한 사람들의 소유가 될 것이다.

혼다 켄

인생을 바꾸려면 크나큰 결단이 요구됩니다.

현재 상황을 바꾸려는 것이기 때문에

그만한 각오와 용기가 필요합니다.

우리에게 가장 편한 것은 현재 상황을 지속하는 것입니다.

예를 들어 바람직하지 않고 불평불만이 많은 현 상황에서도

사람은 지금 꿈을 찾아 변화해 나가는 것을 주저합니다.

인생을 바꿀 수 있는 도전은 나이와 능력과는 관계가 없습니다.

자신의 변화에 대한 대처를 중지했을 때 나이에 관계없이 늙었다고

말할 수 있는 것은 아닐까요.

이러한 상황에서 벗어나 좀 더 느긋하게 살고 싶다고

생각하는 사람은 많이 있습니다.

그러나 이러한 변화를 일으키는 데도

결단과 용기 없이는 자기실현을 할 수 없습니다.

꽤 많은 사람들이 한 걸음 발을 디디는 용기가 없고,

아무런 변화도 일으키지 않은 채 인생의 낙오자로 전락해 살고 있습니다.

인생을 바꾸려면 기회를 놓치지 않는 것이 매우 중요합니다.

변화를 위한 절묘한 기회라는 것이 있습니다.

이 기회를 놓치고, 다음에 하려고 생각하면

먼저 전환의 실현은 무리입니다.

절묘한 기회는 또 다른 변화를 하기 때문입니다.

사람은 아무것도 하지 않기 위한 이유를 몰래 찾으려고 합니다.

그것은 실제로 행동을 일으킬 수 있는 무서운 것이니만큼

하지 않는 이유를 찾기 위해 나름대로 합당한 어유를 찾습니다.

여기가 중요합니다.

여기서 지면 인생에서 적극성이 손실되고 무기력하게 지배됩니다.

용기 있는 결단을 하지 않으면

삶은 진정으로 새로운 전환을 맞을 수 없습니다.

조금
천천히 가도
괜찮다 #89

천천히 삶을 즐겨라.
너무 빨리 달리면 경치만 놓치는 것이 아니다.
어디로 가는지 왜 가는지도 놓치게 된다.

에디 켄터

자기가 좋아하는 것을
설렘으로 다가가면 건강과 의욕이 나오고,
웃는 얼굴이 증가합니다.
설렘으로 뛰어봅시다.
그런 마음으로 솔직하게 마음껏 도전해 봅시다.
매력적인 사람은 자신을 솔직하게 표현합니다.
솔직히 즐겁다고 생각하며 차례차례로 도전합니다.
새로운 발견도 있고, 새로운 만남도 있는 것입니다.
때로는 실패도 있을지도 모릅니다.
그러나 설렘으로 솔직하게 행동하고 있기 때문에
항상 건강하고, 자신감 있게 행동합니다.
자신감 있게 행동하는 사람에게는 매력이 있습니다.
성장하고 있는 사람을 보면 모두 자신이
좋아하는 것을 관철한 사람뿐입니다.
일류 스포츠 선수, 인기 연예인, 회사 CEO 등
톱에 서 있는 사람은 사실 좋아하는 일을
철저하게 즐기고 있는 사람입니다.

산다는 것은 ^{#90}

복은 청렴과 검소함에서 생기고
덕은 자기를 낮추고 물러서는 데서 생기며
도는 안정에서 생기고
생명은 화창함에서 생긴다.
근심은 욕심이 많음에서 생기고
재앙은 탐욕이 많은 데서 생기며
과실은 경솔하고 교만한 데서 생기고
죄악은 어렵지 못한 데서 생긴다.

명심보감

아무렇지도 않게 던진 말 한마디가 자신의 인생에 큰 그림자를
드리우고 있다는 경험은 없습니까?

타인의 말 한마디에 신경 쓰든지 쓰지 않든지 말의 영향 없이
살아온 사람은 한 명도 없을 것입니다.

지금의 환경을 발아시켜 만든 것은 말 한마디가
원인이 있다고 생각하지 않습니까?

말을 두 가지로 나누어 생각해 보겠습니다.

바로 말의 힘입니다.

아이들을 온몸으로 칭찬해주는 것이 중요합니다.

칭찬을 받으면 아이는 눈빛이 달라집니다.

기쁘다는 기분이 더 잘할 수 있을지도 모른다는 긍정적인 생각과
의지의 싹을 부쩍 늘려줍니다.

하나는 자신이 전하는 말의 영향입니다.

자신의 지금의 환경은 자신이 지금까지 사용해 온 말과 생각의
결과에 따른다고 성공한 사람들은 얘기하기도 합니다.

누구의 잘못도 아닙니다.

모두 자기 마음의 그림자입니다.

단지 자신이 설정될 때까지 자신의 뜻과 말이 정해져 있지 않았습니다.

다른 사람, 특히 부모, 선생님이 전하는 말에 큰 힘이 있습니다.

우리는 자신이 전하는 말의 능력을 더욱 더 이해하고 싶어 합니다.

말의 사용법은 습관성이 있기 때문에 어릴 때부터 말의 올바른 사용
말의 보이지 않는 힘을 배우는 것이 좋습니다.

말은 씨앗입니다.

말이 만들어내는 힘은 위대하다고 믿습니다.

잃어버린 시간을 찾아서 #91

이미 흘러간 물로써는 물레방아를 돌릴 수 없다.

그것을 고민한다고 해서 흘러간 물이 다시 오지는 않는다.

슬퍼도 억울해도 과거는 과거로 묻어 버리고

오늘을 살아야 한다.

과거에 붙잡혀 앞으로 올 날을 더럽혀서는 안 된다.

백 사람의 제왕의 권력을 모아도

지나간 시간을 다시 불러올 수는 없다.

어찌 지나간 일로 해서 오늘을 그르치는가!

벤저민 프랭클린

걸려 넘어진 것 때문에, 다시 일어날 수 없는 것은 아닙니다.

단지 마음의 문제입니다.

단지 일어날 경우 약간의 상처는 남습니다.

인생에서도 넘어지면 오뚝이처럼 일어나는 일밖에 방법이 없습니다.

일어날 경우, 또한 평소대로 움직일 수 있습니다.

가끔 실패하는 것을 필요 이상으로 두려워하는 사람이 있습니다.

실패에 대한 두려움을 품을 필요는 없습니다.

오히려 실패하고 넘어져도 넘어진 채로 끝나 버리는 것을 두려워합시다.

포기하는 것이 가장 무서운 것입니다.

일어날 만하면 인생 몇 번이라도 다시 일어설 수 있습니다.

몇 번이라도 일어날 수 있는 사람이 정말 강한 사람입니다.

당신은 실패를 두려워합니까?

실패는 해도 좋습니다.

실패는 계속적으로 해도 좋습니다.

실패했다면 스스로 다시 일어날 수 있어야 합니다.

성공하는 그날까지……

위대한
성공 #92

실패를 저지르지 않는 것보다
실패를 거듭함으로써
더 이상 실수를 저지르지 않는 것.
이것이야말로 위대한 성공이다.

공자

자기실현을 달성하기 위해서는,

다만 자신을 인정해야 합니다.

사람 중에는 일시적이든 장기간이든

다만 자신이 싫어도 어쩔 수 없습니다.

다만 자신을 인정할 수 없다는 사람들이 있습니다.

그럼 어떻게 하면 자신을 인정하고 좋아하게 될까요?

반대 방법이라고 생각될지도 모릅니다만,

우선 자신의 추함에서 도망치지 말고, 철저히 그 추함을

바라보는 것이라고 생각합니다.

우리가 신경 쓰고 싫어하는 사람이 많이 있습니다.

어떻게 저럴 수 있느냐고, 사실 이러한 신경 씀과 싫어하는 사람에 대한

마음, 그러한 모든 것이 자신의 마음속에

모든 것이 있는 것처럼 생각합니다.

어떤 추악한 생각과 이미지도 있습니다.

그리고 추함뿐만 아니라,

어떤 선이나 양심적인 수행도 부드러움도

모두 마음에 가지고 있는 것이 인간이라고 생각됩니다.

당신은 혼자가 아닙니다.

나만 아닙니다.

모든 사람이 추악하고 아름답다고 생각합니다.

사람들은 모든 것을 표현할 수 있도록

만들어져 있다고 해도 좋은 것은 아닐까요.

철저히 자신의 추함을 바라봅시다.

과거는 좋습니다.

과거는 하나의 표현이었다고 생각되지 않습니까?

이제 앞으로입니다.

앞으로 자신의 인생을 어떻게 표현할 수 있는가?

매일 자신에게 자신감을 쌓아가도록 합시다.

자기실현은 희망의 마음이 필요합니다.

변화 있는 삶 #93

의식하는 존재에게는
생존한다는 것은 변화하는 것이요,
변화한다는 것은 경험을 쌓는 것이요,
경험을 쌓는다는 것은 무한히 자기 자신을
창조해 나가는 것이다.

베르그송

밝기 때문에, 어둠의 무서움을 알 수 있습니다.

깜깜한 어둠 속이야말로 빛의 감동을 알 수 있습니다.

이것이 양면성입니다.

절망을 경험하기 때문에, 희망의 중요성을 잘 알고 있습니다.

희망이 있는 인생이기 때문에 절망의 두려움을 느낍니다.

외로운 느낌 때문에 사람들 마음의 따뜻함에 감사할 수 있습니다.

많은 사람들 속에 있기 때문에 고독의 소중함도 알 수 있습니다.

모르는 것이 있기에, 알았을 때의 기쁨을 알고 있습니다.

아는 것이 많을수록, 모르는 것이 귀중하게 생각됩니다.

인생은 양면성입니다.

성공도 실패도 모두 귀중한 경험입니다.

모두 알아감으로써, 인생을 보다 깊게 맛볼 수 있습니다.

도전이라는 의미에서는 성공도 실패도 모두 같은 것입니다.

자신의 성장으로 이어질 경험입니다.

많은 경험이 있는 만큼 다양한 것을 맛볼 수 있습니다.

많이 경험할 수 있는 것은 인생을 풍부하게 사는 것입니다.

새로운 도전만이 있을 뿐입니다.

절망에서 탈출하기 #94

깊은 절망에 빠진 상황일지라도 타개책은 반드시 있다.
현명한 자라면 그것을 간파하지만 어리석은 자는
그것을 깨닫지 못할 뿐이다.
결국 절망이란 자신의 어리석음이
만들어내는 것에 지나지 않는다.

괴테

실패를 통해 성장해 나아갑니다.

실패 자체가 무조건 나쁜 것은 아닙니다.

실패를 내버려 두는 것이 나쁜 일입니다.

본래 실패는 자신을 업시키기 위한 재료입니다.

물건을 만들 때 또 다른 재료가 필요하다고 생각됐을 때

그것이 실패입니다.

모처럼 실패의 기회를 받았는데

그 실패를 내버려 두는 것은 아까운 것입니다.

실패하지 않는 자신을 좋아하게 되는 것이 아니라

실패를 통해 성장해 나갈 자신을 좋아하게 될 것입니다.

자신을 좋아하게 되는 것은 실패가 두려워 아무것도 할 수 없는 것입니다.

실패가 두려워 아무것도 하지 않는 사람이 되어서는 곤란합니다.

자꾸 자꾸 실패하고 점점 성장해가는 자신을 좋아하게 하도록 합시다.

실패했다면 그것을 발판으로 다음 단계로 변화하는 것을 잊지 않도록 합시다.

인생은 실패의 반복입니다.

또한 성장의 반복이기도 합니다.

그것을 하나의 사이클로 큰 성공을 향해 나아가는 것이 중요합니다.

part 05

한 번뿐인
내 인생

당신이 바라거나
믿는 바를 말할 때마다
그것을 가장 먼저 듣는 사람은 당신이다.
그것은 당신이 가능하다고
믿는 것에 대해
당신과 다른 사람 모두를 향한 메시지다.
스스로에 한계를 두지 마라.

아름다운
마음 #95

선하거나 악하게
불행하거나 행복하게
부유하거나 가난하게 만드는 것은 마음이다.

H. 스펜서

우리는 긍정적인 생각으로 인생을 헤쳐 나갈 수 있습니다.

역시 긍정적인 생각입니다.

긍정적인 생각은 삶의 토대입니다.

지식은 없어도 살 수 있지만, 긍정적인 생각이 없다면 살아가기 힘듭니다.

인생을 비관하여 살면 삶의 활력을 잃게 됩니다.

학교에서는 많은 지식을 배우지만

긍정적인 생각은 자세하게 가르쳐주지 않습니다.

따라서 긍정적인 생각을 모르는 사람이 많습니다.

우리는 긍정적으로 생각하는 공부가 빠져 있는 상태입니다.

많은 것을 알고 있는데, 힘이 없는 사람이 많습니다.

우리에게 부족한 것은 지식보다 긍정적인 생각입니다.

무슨 일이라도 밝게 생각하는 힘입니다.

긍정으로 인해 일상에 흩어져 있는 행복을 봅니다.

긍정적인 생각이 있기 때문에, 힘과 힘이 넘치고 있습니다.

행복한 것은 머리의 좋고 나쁨은 관계없습니다.

행복에서 필요한 것은 긍정적인 생각입니다.

오늘은
내 생에
최고의 날 ^{#96}

이 세상에서 가장 중요한 시간은 언제인가?
바로 지금 이 순간이다.
인간은 날마다 그때그때 만나는 모든 사람에게
사랑과 선을 다하기 위해 이 세상에 태어난 것이다.

톨스토이

사람은 모두 성공하고 싶어 합니다.

무엇을 위해 성공하고 싶어 할까요?

성공해서 돈을 벌고, 좋은 집에 살고 쾌적한 생활을 하고 있는데 이미 부자가 되어서 좋은 집에 살고, 쾌적한 생활을 하고 있는 사람은 더 이상 성공하거나 훌륭해질 생각은 없는 것일까요?

그중에는 전 재산을 반납하고 사회에 공헌하는 사람도 있습니다.

사람은 어디까지나 성공하고 훌륭하게 되고 싶어 합니다.

그것은 자신의 마음속 깊숙이 이렇게 하고 싶은 욕망이 밀어 오르기 때문입니다.

자신이 조금이라도 좋은 일을 하면 기쁘게 되고, 반대로 나쁜 일을 하면 비참한 기분입니다. 이것은 선한 일, 좋은 일을 하는 것이 인간의 본성이기 때문입니다.

인생을 훌륭하게 살아온 사람과 그냥 타성에서 살아온 사람 또는 이기적인 삶을 살아온 사람은 인생의 충실감, 성취감이 다른 것이 아닐까요.

사람이 훌륭하게 된다는 것은 형태가 없습니다.

자신의 개성과 능력이 향상될 수 있을 때 훌륭하게 된 것이라고 말할 수 있는 것은 아닐까요.

눈에 보이는 외부 세계의 존경을 좇는 요즘은 하나도 인생의 즐거움과 보람이 느껴지지 않는 것입니다.

정말 훌륭한 사람들은 겸허하게 재미없게 보이는 일까지도 기꺼이 자신의 마음을 닦고 있습니다.

성공은 자신을 닦고 진정 자신을 끌어 올리는 그곳에 있을지도 모릅니다.

꿈의 미래 #97

모든 성공한 사람들은 큰 꿈을 가슴에 품고 있다.
그들은 모든 면에서 이상적인 미래의 모습을 상상한다.

브라이언 트레이서

희망은 밝은 방향에 있습니다.

당신이 원하는 빛입니다.

밝게 빛나는 것입니다.

희망을 찾고 싶다면 밝은 방향으로 향합시다.

밝게 느끼는 것은, 그전에 희망이 있다는 증거입니다.

눈부시다고 생각되는 방향으로 진행하는 것이 희망으로의 접근입니다.

입으로 한다면, 밝은 말입니다.

듣고 있다면, 밝은 화제입니다.

미래를 그리는 것이라면, 밝은 계획입니다.

밝다고 생각하면 모든 정답입니다.

눈부실 정도로만, 그것만으로도 좋습니다.

눈부신 것은 한순간 세상을 밝혀줍니다.

눈부시게 느끼는 것은, 아직 자신이 살아 있다는 것입니다.

부끄러워하지 말고 눈부신 쪽으로 접근합시다.

밝은 곳 가까이 갈수록 힘을 받을 수 있습니다.

희망은 밝은 방향에 있는 것입니다.

세상은
마음먹기에
달렸다 #98

자기 인생은 본인 스스로가 만드는 것이다.

아름답게 이루어지거나 볼품없이 이루어지거나

모두가 자기에게 달려 있다.

윌리엄 웨어

잘되지 않아서 좋습니다.

좋지 않은 것은 아무것도 행동하지 않는 것입니다.

전화로 거절을 받았다 하더라도 큰 위기 상황은 아닙니다.

면접에서 떨어졌다고 목숨까지 위태로운 상황은 아닙니다.

다시 생각하면, 잘되지 않아서 잃을 것이 아무것도 없습니다.

조금 마음의 상처가 있을 정도입니다.

오늘 우울해도 반드시 내일은 찾아옵니다.

잘못을 큰 실패라고 생각하지 마십시오.

좋지 않은 것은 실패를 두려워 아무것도 행동하지 않는 것입니다.

오늘 행동하지 않으면 아무 변화가 없습니다.

아무것도 행동하지 않으면 크나큰 변화는 더욱더 없습니다.

오히려 불필요하게 조건만 나빠질 뿐입니다.

실패를 피하기 위해 행동하지 않는 것이 가장 큰 실패입니다.

취업난이라고 하지만 본인의 의지와 행동력입니다.

의지나 행동력이 있으면 취업난은 헤쳐 나갈 수 있습니다.

어느 회사든 반드시 모집합니다.

조금이라도 빨리 행동하는 것입니다.

조금이라도 많이 행동하는 것입니다.

잘못해도 좋으니 취직 활동의

걸음을 멈추지 않으면 언젠가 반드시 합격합니다.

행운과 불행 #99

어떠한 상황도 영원히 지속되지 않는다는 사실을 기억하라.
그렇기 때문에 우리는 행운에 너무 기뻐하거나
불행에 너무 슬퍼하지 말아야 한다.

소크라테스

인생에서 마음의 초점을 맞춘 것은 확대되어 갑니다.

인간관계에서도 싫은 사람은 싫은 면만이 확대되고,

실상과는 다른 이미지가 마음을 차지합니다.

마음의 초점이 싫은 면만이 맞춰져 있기 때문입니다.

이것은 인생의 부정적인 면 긍정적인 면 모두에 적용됩니다.

우리가 행복에 초점을 맞추어 주위를 보면 행복이 마음에 퍼져갑니다.

어머니와 포옹된 어린아이의 순진한 웃음,

사계절에 보이는 자연의 아름다움,

산 정상에 올라섰다 상쾌함이나 목표를 달성한 즐거움,

마음이 맞는 사람들과의 이야기와 식사 등

우리 주위에는 많은 행복이 가득합니다.

그러나 많은 사람들이 이러한 즐거움과 행복감을 누리지는 않습니다.

그것은 이러한 행복한 마음의 눈을 향해 있지 않기 때문입니다.

마음의 초점을 내면을 향해 바꿀 필요가 있습니다.

점차 마음이 건강한 방향으로 되돌아와, 행복은 물질적인 것을

넘어선 곳에 있다고 통지합니다.

지금
이 순간 #100

시간이라는 것은 없다.

존재하는 것은 무한하게 작은 현재일 뿐이다.

그리고 그 현재 속에서만 삶이 영위된다.

그러므로 우리는 모든 정신력을 그 현재에 집중시켜야 한다.

톨스토이

당신의 마음은 지금 어두운 장소에 있습니다.

바퀴벌레도 어두운 장소에 있습니다.

기분 나쁜 생물일수록 어두운 장소에 있는 것이 특징입니다.

빛이 닿지 않는 위치에 있기 때문에 어두운 모습입니다.

이것은 사람에게도 적용됩니다.

어두운 장소에 있으면 어두운 사람일 것이라고 생각합니다.

어두운 환경에서 밝은 것을 생각하기 어렵습니다.

어두운 기분은 어두운 것밖에 생각할 수 없으며

어두운 미래밖에 보이지 않습니다.

악순환입니다.

희망은 기다리는 것이 없습니다.

찾아가는 것입니다.

스스로 희망을 찾아가는 노력을 하는 것입니다.

자, 어두운 장소에서 벗어나 봅시다.

행동한다면, 밤보다 낮입니다.

놀이를 한다면, 방 안보다 밖입니다.

커튼을 꼭 닫은 상태보다는 환하게 열어야 합니다.

어두운 장소에서 벗어나는 것이 희망을 찾는 첫걸음입니다.

번영한 인생 #101

어떤 사람을 현명한 사람이라고 하는가?
그것은 모든 것에서 배움을 얻으려는 사람을 말한다.
어떤 사람을 굳센 사람이라고 하는가?
그것은 자기 자신을 억제할 수 있는 사람을 말한다.
어떤 사람을 풍부한 사람이라고 하는가?
그것은 자기가 가진 것에 만족하는 사람을 말한다.

탈무드

세상에서 뭐든지 잘하는 사람은 없습니다.

행동에는 반드시 실패가 있기 마련입니다.

그럼 실패를 했을 때 어떤 방법으로 일어서야 할까요?

실패했을 때 뒤를 돌아봐서는 안 됩니다.

어떻게 앞으로 나아가야 할지에 대한 생각이 선행되어야 합니다.

쓰러지면서도 심한 몸부림은 있을 수 있습니다.

안 되는 것은 안 됩니다.

하지만 보는 사람은 적극성을 느낍니다.

보이지 않는 곳에서의 평가도 시작됩니다.

문제가 생겼을 경우에는 자신을 방어할

최후의 보루 하나쯤은 남겨둘 필요가 있습니다.

성공은 그러한 작은 곳에서 차이가 납니다.

역사 ^{#102}

사람들은 항상 불완전하고 위험으로 가득한
세계에 살아왔으며, 끊임없이 자기들의
생활을 위협하는 여러 가지 문제에 맞서
왔음을 역사를 통해서 알 수 있다.
그런 상황 속에서도 어떤 사람은
유유자적하며 살았고, 어떤 사람은
전전긍긍하면서 인생을 마쳤다.

M. 말쯔

'바보는 경험으로 배우고 현명한 사람은 역사에서 배운다.'라는 말이 있습니다.

인간의 역사에 있어 엄청난 과거의 축적이 있고

그것을 알고 배우고 있는 현명한 사람은 거기에서 힌트를 얻을 수 있지만

바보는 자신이 경험하고 고통을 기억하지 않으면

거기에서 배움을 결코 얻을 수 없습니다.

자기 자신은 이 세상 하나밖에 없는 소중한 존재입니다.

우리는 모두 경험에서 인생을 배웁니다.

실패, 성공, 좌절, 고통, 괴로움, 후회, 만남, 기쁨,

그러한 것을 자신의 경험으로, 가슴으로 직접 느낍니다.

이제껏 역사를 통해 철저하게 배우고, 수많은 사람의 슬픔, 고통에 의해

위인은 탄생했습니다.

하지만 배울 수 없는 것도 있습니다.

인간에게 체험이나 경험은 크나큰 가치입니다.

그래서 여러 가지를 느끼고 성장해 나가는 것도 중요합니다.

마음의 행복 #103

미움이 있는 곳에 사랑을 가져다주소서.
적대감이 있는 곳에 용서를 가져다주소서.
불화가 있는 곳에 일치를 가져다주소서.
오류가 있는 곳에 진실을 가져다주소서.
의심이 있는 곳에 믿음을 가져다주소서.
어둠이 존재하는 곳에 빛을 가져다주소서.
슬픔이 있는 곳에 기쁨을 가져다주소서.
그것은 받는 것이 스스로 주는데 있기 때문이며
발견되는 것은 스스로 망각하는데 있기 때문이니.

성 프란체스코

평범한 사람과 성공한 사람으로 불리는 사람의 차이는 어디에 있다고 생각하십니까?

능력, 노력, 아니면 운일까요?

세상에는 꾸준히 노력해도 보답 받지 못하는 사람도 있습니다.

그런가 하면 한가하게 인생을 즐기는 성공한 사람도 있습니다.

요점은 할 수 있다고 믿으면 달성할 때까지 마음을 바꾸지 않는다는 것입니다.

반복하면 목표를 달성할 수 없는 사람은 달성하기 전에 포기해 버리는 것입니다.

우리는 약간의 상황 변화와 어려움을 만나면 운이 나빴다는 핑계를 찾아 포기하기 쉽습니다.

실은 정답은 여기에 있습니다.

성공하는 사람, 목표를 달성하는 사람, 그 사람들은 거기서 의지를 바꾸지 않는 것입니다.

어떤 마음일까 하고 말하면, 이것은 이룰 수 있다고 생각하는 마음에 그린 목표입니다.

무엇이든 이것은 할 수 있다고 강하게 마음에 그린 생각은 곧 형태가 되어 구체화됩니다.

이렇게 하자는 없습니다.

이것은 할 수 있다입니다.

이것은 할 수 있다는 신념입니다.

이렇게 하자는 생각에는 약점이 있습니다.

모두 이렇게 하자고 생각하고 시작하는 것입니다만, 어느새 수없는 생각이 들어 포기하고 독창적인 생각과 목표를 버리고 있습니다.

자기실현의 완수 여부는 자신의 마음을 어떻게 컨트롤했느냐에 있습니다.

위대한
발견 #104

우리 세대의 가장 위대한 발견은
마음자세를 바꿈으로써
삶을 바꿀 수 있다는 사실을 발견한 것이다.

윌리엄 제임스

조금 되돌아보십시오.

당신은 다른 사람과의 약속은 상당히 잘 지켜지고 있지 않습니까?

왜일까요?

다른 사람과의 약속을 지킴으로써 어떤 기분이 되고 있습니까?

그 사람과의 약속을 지킨 것으로 안정감과 성취감 같은 것을 느끼지

않습니까?

자신과의 약속도 동일한 것입니다.

자신과의 약속을 지키면 자신을 신뢰할 수 있고

할 수 있다는 성취감을 느낄 수 있습니다.

자신을 믿을 수 있는 것은 자신에게 자신감을 가질 수 있다는 것입니다.

그럼 반대로 지키지 않는다면 어떨까요?

자신은 신뢰할 수 없는 사람이라고 느껴 버리는 것이고

물론 성취감과 만족감도 얻을 수 없습니다.

자신을 정당하게 평가하여 때로는 꾸짖고

확실히 칭찬하고 예뻐해 줌으로써 자신감과 자부심을 키울 수 있습니다.

자신감은 자신에게 필요한 마음의 영양소이며,

자부심은 자신이라는 인간을 기르는 대지 그 자체입니다.

당신 안에는 당신만이 가지는 세상에 하나뿐인 씨앗이 있습니다.

그 씨앗은 당신이 태어날 때 뿌려졌습니다.

당신은 그 씨앗을 기르는 사람입니다.

어떤 식으로 씨앗을 키워 나갈 것인가를 결정할 수 있는 것은

당신뿐입니다.
씨앗은 건강하게 성장하고 꽃을 피우고 대지를 풍요롭게 하는 것도
당신입니다.
어떤 꽃을 피우고 싶습니까?

아름다운 꿈 #105

가장 아름다운 꿈을 지녀야 한다.
그리하면 때 묻은 오늘의 현실이
순화되고 정화될 수 있다.
먼 꿈을 바라보며 하루하루 그 마음에
끼는 때를 씻어가는 것이 곧 생활이다.
아니 그것이 상황을 헤치고 나가는
진정한 힘이다.
이것이야말로 나의 싸움이며 기쁨이다.

릴케

포기만 하지 않으면 성공은 반드시 옵니다.

자신은 운이 나쁜 불운한 사람도 있을 것입니다.

운은 행동력에 비례하여 좋아집니다.

운을 좋게 하고 싶다면, 성공할 때까지 행동을 계속하는 것뿐입니다.

성공 수와 실패의 수를 비교하면, 실패의 숫자가 수십 배나 많이 될 것입니다.

그것이 당연합니다.

한 번에 큰 성공을 하려고 큰 기대를 안고 있기 때문에

실패했을 때의 좌절감이 커져 일어설 수 없습니다.

'처음에는 잘되지 않아서 당연히 몇 번이나 도전하겠다.'라고 생각하면 좋습니다.

성공할 때까지 포기하지 않고 몇 번이나 도전하는 자세가 있으면

고민은 더 이상 없어질 것입니다.

운이 좋은지 나쁜지는 행동력대로입니다.

잘못되면 다시 도전하면 됩니다.

도전하고, 또 잘못되면 또다시 도전하면 됩니다.

또한 안 되면 또다시 도전하여 만족할 때까지 반복해서 도전합니다.

성공할 때까지 도전하면 대부분의 경우, 뭐든지 결과가 좋습니다.

행운을 얻기 위해서는 성공이 나올 때까지 여러 번 도전한다는 것입니다.

행복과 자유 #106

놓아버리면 자유가 온다.
행복해지려면 자유로워야 한다.
마음속에 화, 걱정, 물질 같은 것을
붙들고 있으면 자유로워질 수 없다.

틱낫한

마음도 운동하지 않으면 살이 찝니다.

마음의 운동을 하고 있습니까?

살찐 몸에는 트레이닝입니다.

과체중은 건강에 좋지 않습니다.

정기적으로 운동을 하여 트레이닝이 필요합니다.

그러나 뚱뚱한 것은 몸뿐만이 아닙니다.

마음도 운동하지 않으면 살이 찝니다.

마음이 살찌면 힘이 듭니다.

아무것도 하지 않아도 나른한 기분에 시달리고 있습니다.

의지도 건강도 나오기 어려워 기분이 막힌 상태가 계속됩니다.

일상 곳곳에 행복도 기쁨도 느끼기 어렵게 되는 것입니다.

마음에 감동과 운동과 동일합니다.

감동하면 마음이 심하게 움직입니다.

점점 마음의 지방이 잡히고, 좋아집니다.

본래의 마음의 건강을 되찾을 것입니다.

마음의 건강을 유지하고 일상의 행복을 느끼고

인생을 충실감으로 채워 나갑니다.

감동 있는 것은 오직 인간에게 주어진 능력입니다.

인간답게 하기 위하여, 감동이 있는 생활을 합시다.

우선
원하는 것을
결정하자 #107

당신이 원하는 것을 결정하라.

그리고 그것을 이루기 위한 대가를 지불하겠다고 결심하라.

당신의 우선순위를 확정하고 일을 시작하라.

H. L. 헌트

우리는 자신의 외모에 단점이 있고,

자신에게 뮤언가 부족한 것이 있거나 하면

고민 콤플렉스를 갖기도 합니다.

자신의 신체나 성격적인 것으로도 만족하는데,

하물며 자신의 인생이라면 불완전, 불만족투성이입니다.

한 사람으로서 자신의 인생은 완벽하다고 말할 사람은 없을 것입니다.

모든 사람들이 그렇더라도,

우리는 자신의 삶을 뒤돌아보면 속상한 점이 더 많습니다.

어쩐지 이상합니다.

단점이나 부족한 건 당연한 건데

때로는 사소한 단점조차도 사람을 힘들게 합니다.

분명 인간은 완벽하고 싶은 점에서

강한 욕구가 일어나지 않을까 생각합니다.

이런 점에서 일은 자신에게 노력을 하게 하거나 포부를 갖게 하는 것입니다.

마음 ^{#108}

마술은 마음속에 있다.
마음이 지옥을 천국으로 만들 수도 있고,
천국을 지옥으로 만들 수도 있다.
자신의 마음을 지옥으로 만들고 싶은 사람은 아마
없을 것이다.
마음을 천국으로 만들고 싶은 이들이여!
자기 마음속에 마술을 부려
즐겁고 찬란한 하루를 만들어라.

에디슨

사람은 누구나 콤플렉스를 가지고 있습니다.

콤플렉스가 없는 사람은 없을 것입니다.

사람은 각각 장단점을 가지고 태어납니다.

수학은 좋아하지만, 영어는 골칫거리고,

체육은 잘하지만, 논술은 약하다고 말하기도 합니다.

약한 정도라면 괜찮지만, 결함이라고 말할 정도의

약점을 안고 있는 사람도 있습니다.

그러한 사람들 가운데에는 아픈 마음을 끌고 우울증 증상을

보이는 사람도 있습니다.

반대로 말하면 콤플렉스는 자신의 인생을 호전시키는 좋은 재료입니다.

세상의 많은 사람들이 콤플렉스와 역경을 딛고 일어나서

삶을 성취하고 있습니다.

적당하게 살 수도 있지만 그것은 순전히 노력을 하지 않는 것입니다.

필사적인 생각도 나오지 않습니다.

그래서 그렇게는 늘지 않는 것입니다.

성장하는 사람은 열심히 하는 사람입니다.

역경이나 콤플렉스를 안고 있어야

내면에 잠재해 있는 기적 같은 힘이 나오기도 합니다.

다양한 자기 계발 책 등을 읽어도 좋지만

가장 중요한 것은 배수진을 치는 것입니다.

도망갈 길을 차단하고 상하좌우 출구를 막은 상태에서 막다른 상황에 자신을

몰아넣을 때, 자신에게 큰 힘이 나온다고 합니다.

풍족한 상황에서 대단한 힘은 나오지 않는다는 것입니다.

바로 콤플렉스야말로 자신을 이기는 재료입니다.

한 번뿐인 내 인생 #109

당신이 바라거나 믿는 바를 말할 때마다
그것을 가장 먼저 듣는 사람은 당신이다.
그것은 당신이 가능하다고 믿는 것에
대해 당신과 다른 사람 모두를 향한 메시지다.
스스로에 한계를 두지 마라.

지그지글러

처음부터 잘하는 사람은 없습니다.

현실은 좀처럼 생각대로 되지 않습니다.

뭐든지 그렇지만 처음부터 잘할 수 있는 사람은 없습니다.

전체 그림이 보이지 않고, 절차도 어떻게 해야 할지 모르기 때문입니다.

'실수하면 어쩌나.'

'실패해서 웃음거리라도 되면 어쩌나.'

'망신을 당하면 어쩌나.'

다양하고 불안한 생각을 많이 해서 다리가 움츠러들 것입니다.

진짜 실력은 나중에 조금씩 해나갈 것입니다.

여러 번 실패를 거듭하면서 연습을 거듭해

익숙해가거나 실수를 개선해갑시다.

처음부터 잘할 수 있는 것은 드물다는 것입니다.

처음부터 잘하는 사람은 없다고 자신감을 줍시다.

중요한 것은 넘어져도 일어나는 것입니다.

한 번 실수로 포기하지 않고 연습을 쌓아 다시 도전합시다.

실력은 시간이 지남에 따라 쌓여가는 것입니다.

괴로움과
즐거움 #110

고락이 서로 접하고 교대하는 가운데 심신이 연마되어 간다.
행복과 평화의 경지는 끊임없이 서로 접하는 경험에서
얻은 것이라야 생명이 긴 법이다.
아직 깊은 고통을 경험하지 못한 사람이
어찌 깊은 즐거움을 맛볼 수 있을 것인가.
고통을 바탕으로 하지 않는 성과는
기초 없이 세운 집과 같아서 언제 무너질지 모른다.
인생은 고락이 서로 접해 흐르는 물속에서
떠내려가는 한 조각의 나무는 아니다.
고락이 교대하여 흘러가는 동안에
숭고한 정신을 얻게 되는 것이 인생의 모습이다.

채근담

인생에서 우리는 많은 실패와 좌절을 경험합니다.

그때의 우울한 기분과 비참함에서

실패와 좌절을 받아들이기 어려운 것, 좋지 않은 것으로 파악해 버립니다.

하지만 실패와 좌절이 결과적으로 우리를 성장하게끔 밀어주고 있는 것입니다.

인생을 장기적으로 되돌아보면, 실패와 좌절의 경험이야말로 자신에게

성공을 가져다 준 것을 알 수 있습니다.

아무 일 없이 순조롭고 편할 때는 결코 필사적인 힘은 나오지 않습니다.

필요도 없는데 자신의 능력을 최대한 발휘해 열심히 할 이유는 없는 것입니다.

사람은 실패와 좌절 가운데서 무언가를 배우고 있습니다.

그리고 넘어져서 일어나서는 넘어지기 전보다 더 성장하고 있습니다.

사람은 순조로울 때보다 실패와 좌절의 경험에서 많은 것을 배우고

성장이 촉진되게끔 되어 있는 것입니다.

자신의 인생에서 성공한다는 것은

눈앞의 목표를 달성하는 것과도 또한 다릅니다.

자신의 인생에서 정말 해야 할 것은 좀처럼 길을 깨닫지 못할 수도 있습니다.

인생의 길 위에서 여러 가지 실패와 좌절은 눈에 보이지 않지만

정말로 성공해야 할 마음만 확고하다면

내 마음은 내일을 위한 희망과 기반 조성으로

끊임없이 오뚝이처럼 일으켜 세우는 것 같습니다.

뜨거운
가슴을 찾아서 #111

청춘은 여행이다.

시인 랭보의 "나의 방랑"이란

시에서처럼 찢어진 주머니에 두 손을

내리 꽂은 채 그저 길을 떠나가도 좋은 것이다.

여행은 그렇게 마음속에 품는 순간부터 시작된다.

피곤에 지친 몸, 금방이라도 무릎을 꿇고 쓰러져 쉬고 싶겠지만

우리의 의지는 그걸 용납해서는 안 된다.

때로는 육체의 한계를 극복해내는 새로운 삶을 향한 갈망이

청춘의 전부가 될 수도 있기 때문이다.

태양을 마주할 용기가 있는 젊은이라면

누구나 뜨거운 가슴을 찾아 헤맬 줄 알아야 한다.

그 길이 돌이킬 수 없는 길이라 할지라도

심지어 돌아오지 못할 길이라 할지라도.

체 게바라

좋아하는 것은 좋아하기 때문에 괜찮습니다.

좋아하는 것은 집중할 수 있습니다.

좋아함으로써, 모르는 것이라도

혹은 못 할 수 있어도 끈기로 극복할 수 있습니다.

해냈다, 기쁘다는 솔직한 성취감을 얻을 수 있습니다.

좋아하는 것을 합시다.

좋아하는 것에 대해 열심히 하지 않으면 좋아하는 것에 대한 실례입니다.

좋아하는 일을 가득 경험하고 관철하면 어느덧 재능으로 바뀝니다.

재능은 처음부터 있는 것이 아닙니다.

재능의 시작은 좋아하는 일을 하는 것입니다.

좋아하는 것을 많이 해내고 있다면 어느 순간부터 질로 전환됩니다.

질에 전환되어 질리지 않고 자꾸 자꾸 해내고 닦으면

그것은 재능이 되어 버립니다.

한 번뿐인 자신의 인생을 원하지 않는 일만 하고 끝내버리기에는 아깝습니다.

진정 원하는 일을 함으로써

자신이 삶의 기쁨과 즐거움을 만끽해야 되지 않겠습니까?

좋아하는 일을 하고 있으면 삶에 활기가 넘칩니다.

좋아하는 일을 철저히 하는 것이 인생에서 행복해지는 요령입니다.

운명의
갈림길 #112

당신이 두려워하고 있는 일을 실천하라.
그 두려움이 분명 사라질 것이다.
이길 수 있다고 믿는 사람이 이긴다.

에머슨

꿈을 이루지 못한 가장 큰 원인은

중도에 포기해 버리는 것 때문입니다.

포기하면 모든 것이 멈춰 버립니다.

아무리 실력이 있어도 목표를 달성하지 못하고

포기해 버리면 거기서 종료됩니다.

자신의 재능을 발휘할 수 있는 사람에게 공통되는 것은

일을 계속하는 습관입니다.

한번 해보고 안 됐기 때문에 그만두자라고 생각하는 것이 아니라

한 번밖에 하지 않기 때문에 아직 충분하지 않다고 생각합니다.

열 번을 해도 잘되지 않는 경우에

그럼 백 번 천 번을 해보자라고 생각합시다.

만족할 때까지 그냥 포기하지 않고 계속 전진해 나가는 것이 좋습니다.

여기서 계속하는 사람과 그렇지 않은 사람, 운명의 갈림길입니다.

인생에서는 얼마나 빨리 찾아 열심히 몰두하느냐가 재능을 열거하는 포인트입
니다.

실패는
아름다운 꿈 #113

인생을 살면서 힘든 장애물에 부딪혀
넘어지고 실패하는 것은
결코 부끄러운 일이 아니다
실패 역시 꿈에 속하는 것이기 때문이다.

슈뢰더

5

우리에게 무엇이 가장 중요할까요?

남자는 부과 명예 학력을 제일이라고 생각합니다.

그러한 삶을 경험하는 것도 나쁘지는 않을 것입니다.

식물은 하루 동안이 아니라 지속적으로 성장하고 변화하고 있습니다.

이 사회도 그렇습니다.

우리가 살아가는 데 있어서 중요한 일의 근본은

나날이 성장하고 발전해나가는 것은 아닐까요.

우리의 삶에 때때로 다양한 차질이 발생합니다.

질병과 고난과 역경 등 여러 상황이 있습니다.

이러한 것은 우리에게 변화를 요구합니다.

스스로 마음가짐을 재정립합니다.

변화해서 바꾸지 않으면 상황을 바꿀 수 없습니다.

세계는 날마다 새롭게 변화하고 있습니다.

아침에 눈을 뜨면 어제와 같은 세계는 없습니다.

자신이 바뀐다고 말하는 것은 오늘은 어제의 자신에게

새로운 무언가가 첨가하는 것입니다.

그 축적이 인생에 있어 어떤 결과로 남습니다.

신선한 자신으로 바꾸어가는 변화,

이것으로 자신을 연마하는 것이고

이것이야말로 인생에서 가장 중요한 것은 아닐까요.

만족 없는 인생 #114

아무리 구름 속을 들여다봐도 거기에는 인생이 없다.
반듯하게 서서 자기 주위를 자세히 보라!
우리가 선택한 것을 우리는 실천할 수 있다.
내 길을 걸어 나가는 데에 인생이 있다.
그렇게 앞으로 나아가는 동안에는 고통도 있으리라!
행복도 있으리라!
어떠한 경우에도 인생에는 완전한
만족이란 없다.

괴테

그때의 고통스러운 경험이 있기에, 오늘의 당신이 있습니다.

그때의 고민과 경험이 오늘 당신을 만들었습니다.

모든 사건은 자신에게 도움이 됩니다.

힘든 일도, 괴로운 일도 모두가 당신에게 플러스입니다.

인생에 쓸모없는 경험은 하나도 없습니다.

인생에 불필요한 만남은 하나도 없습니다.

지금 이 순간도 헛되지 않은 인생을 걷고 있는 것입니다.

실패를 두려워하지 않고 행동하면 좋습니다.

실패라는 보물을 손에 넣을 수 있습니다.

실패에서 귀중한 경험을 얻을 수 있습니다.

모든 것이 당신에게 플러스가 됩니다.

어떤 플러스가 있는지는 행동하고 나서 당연히 따라오는 즐거움입니다.

당신이 걷는 길의 끝에는 많은 보물 상자가 줄지어 있습니다.

무엇이 들어 있는지는 앞으로 나아가지 않으면 모릅니다.

먼저 행동합시다.

앞으로 나갑시다.

그러면 보물 상자를 열 수 있는 뭔가를 손에 넣을 수 있습니다.

실패를
용서받는
시기 #115

가장 힘들고 고통스러울 때가
바로 성공에 가장 가까워진 때이다.

나폴레옹

젊은 시절의 부끄러운 경험은

아직 주위 사람의 상냥한 눈이 있어서 좋습니다.

"아직 젊으니까 괜찮아요."

"처음에는 못 해도 괜찮아요."

부끄러운 경험을 해도 응원해주는 사람이 많습니다.

젊은 시절은 아직 세상물정을 모르는 탓에

많은 실패와 그에 따른 부끄러운 경험을 하게 됩니다.

많은 사람들이 경험하는 것인지도 모릅니다.

처음에는 어떻게 해야 하는지 전혀 모르고

처음에는 실패할 확률 또한 높습니다.

그러나 부끄러운 경험을 얘기하면서

'이렇게는 하지 말자, 이렇게 하니까 좋다.'는 등으로 나타나 성장해가는 것입니다.

젊은 시절은 실패를 용서받는 시기입니다.

그 어떤 실패와 부끄러운 경험도 모두 용서받을 수 있습니다.

아직 용서받을 젊은 시절에 가능한 한 많은 부끄러운 경험을 하여

성인이 되기 전에 실수를 줄여야 합니다.

토닥토닥
내 인생

초판 1쇄 발행 | 2015년 3월 25일

지은이 | 고현우
펴낸이 | 김의수
펴낸곳 | 레몬북스(제396-2011-000158호)
전　화 | 070-8886-8767
팩　스 | (031) 955-1580
이메일 | kus7777@hanmail.net
주　소 | 경기도 파주시 문발동 535-7 세종출판벤처타운 404호
디자인 | 페이퍼마임

ⓒ레몬북스
ISBN 979-11-85257-18-1 (03810)

이 도서의 국립중앙도서관 출판예정도서목록(CIP)은 서지정보유통지원시스템 홈페이지(http://seoji.nl.go.kr)와
국가자료공동목록시스템(http://www.nl.go.kr/kolisnet)에서 이용하실 수 있습니다. (CIP제어번호 : CIP2015007599)